JN088604

皇立魔法学園に
潜入することになりました。
2
～乙女ゲーム？
そんなの
聞いてません
けど？～
[著]冬瀬
[絵]タムラヨウ
一迅社ノベルス

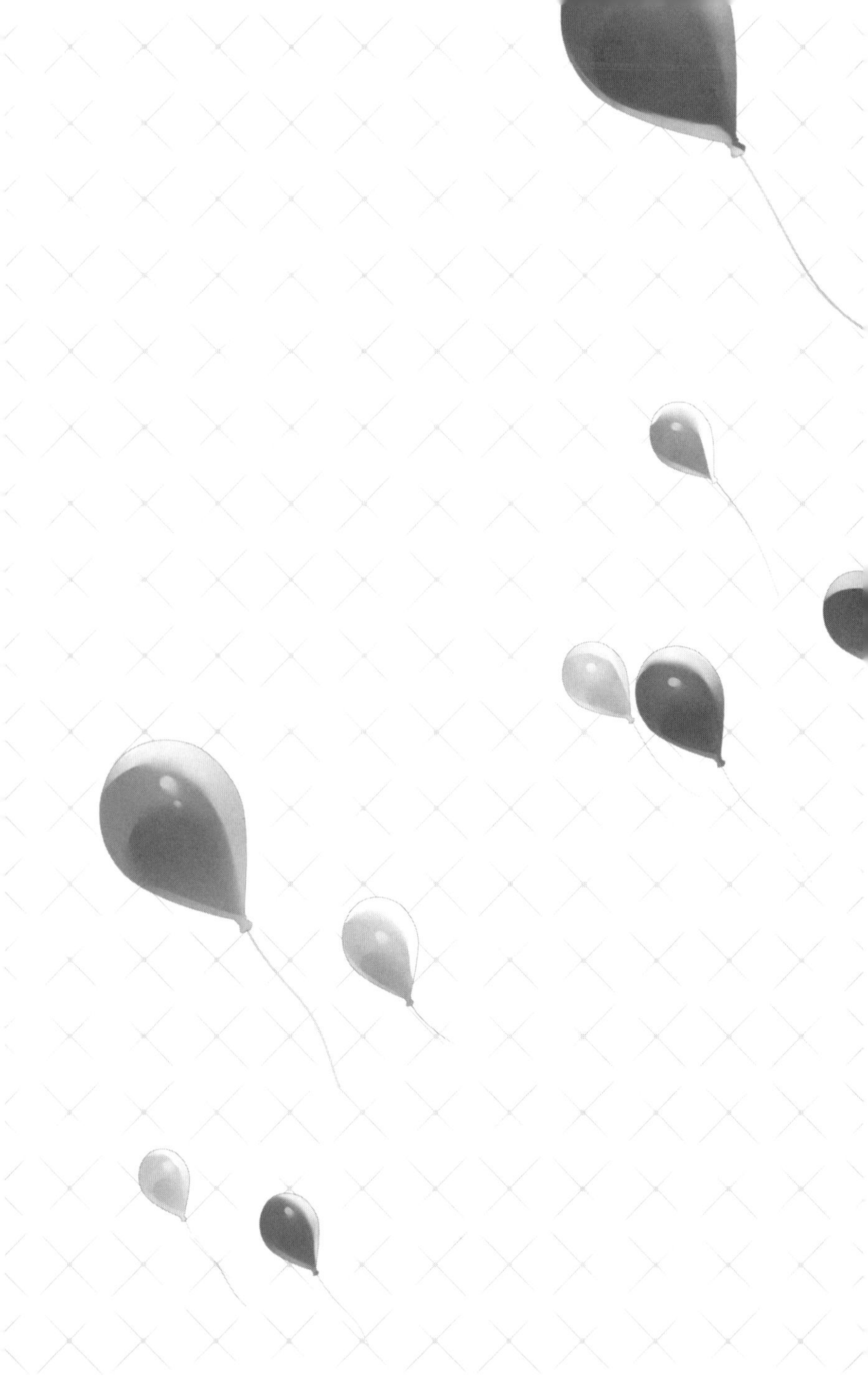

CONTENTS

1 授業

真夏の太陽で乾いた地面に、数週間ぶりの雨が降り注ぐ。

シアン皇国において、その名を知らない者はいない古くから歴史を持つ名門校——セントリオール皇立魔法学園にある図書館の入り口で、突然の雨に生徒たちが空を見上げていた。

「さっきまで晴れていたのに……」

艶《つや》めくラベンダー色の長い髪を縦に巻いた女子生徒は、困った表情で呟く。

この学園に入学して四ヶ月。週に三回ほど、授業終わりに図書館に寄るのが習慣になっていた。

自分の戻るべきホームはここから少し距離のある学生寮。

実家にいたときは、メイドが声をかけてくれたので傘を忘れるなんてことはなかったし、気をきかせて迎えの者が来てくれることもあったが、今はそうもいかない。

「少ししたら止《や》むかしら」

他の生徒たちがひとりまたひとりと、傘の花を咲かせていくのを横目に彼女は小さく息を吐く。

誰かに声をかけられたらなと思うものの、夕食の時間になった今はそもそも残っている人が少ない。

そして、傘を持っていない彼女を気にする側の生徒たちもまた、安直に声をかけることがはばかられていた。

彼女、カーナ・フット・モーテンスは外務大臣の可愛い一人娘であり、シアン皇国皇子ルベン・アンク・ローズベリの婚約者でもある。

「貴族の学校」と裏では揶揄《やゆ》されることもあるセントリオール皇立魔法学園。

カーナが外務大臣の娘といえど、この学園には皇国の重鎮たちの子息子女は他にもいる。

問題は彼女が同じくこの学園に在学中である皇子の、未来のお嫁さんということにある。

遠回しに表現するのもここまでにすると、つまり彼女は次期国母《こくも》。

同じ学生だとしても、簡単に話せる相手ではない。貴族の学校だからこそ、この学園での振る舞いには暗黙の配慮が求められる。

婚約者がいると周知されている彼女に男子生徒はそっと距離をおき、もしかすると迎えを待っているのではないかと想像を働かせた女子生徒たちには微笑《ほほえ》まれる。というのがカーナの置かれている状況だ。

こういう時に限って声のかけられそうな人がいないんだよな。と思いながら、図書館の中に戻ろうとした時だった。

「カーナ様」

雨の降る外から青い傘を畳みながら図書館に入ってきたのは、前髪を編み込んで銀の髪留めで留めているのがトレードマークのクラスメイト。

ぱっちり開いた茶色の瞳は、まっすぐ自分に向けられている。

「ラゼ！」

カーナは自分より背が低くて、可愛らしい顔立ちの彼女を見つけてパッと顔を輝かせた。

この学園で唯一自然と名前だけで呼ぶことができる、他の人とは違う特別な友人。

現れたのは、庶民の出でありながら、特待生としてこの学園に通う優等生ラゼ・グラノーリだった。

「急に降ってきましたね、雨」

ラゼは話しながら、さりげなく傘についた雨粒を風の魔法で払った。

「そうなの。傘を忘れてしまって、雨が止むまで待とうと思っていたところなの」

ラゼはカーナの言葉に、丸い瞳をゆっくり細める。

「よかったらこの傘使ってください」

全く躊躇《ちゅうちょ》のない、あまりにもスマートに差し出された傘にカーナは慌てた。

「それは申し訳ないわ」

「私はこれから閉館まで勉強しようと思っているので。そのころには雨も止むみたいですし、気にしないでください。それに――」

ラゼは途中で視線をカーナの後ろに移す。

「困ってるのはカーナ様だけじゃないみたいですから。是非ご一緒に」

「え？」

何のことかわからなかったカーナは、ラゼの視線をたどった。

「ひとつしかなくて申し訳ないんですが、もしよかったらおふたりで使ってください」

いつの間にか自分のすぐ後ろまで来ていたのは、金色の髪と青い瞳を持つ眉目秀麗《びもくしゅうれい》な男子生徒。

「で、殿下」

どれだけ時が経とうとも見慣れない、生まれる前からの想い人。

婚約者ルベンの登場に、カーナは息を飲んだ。

ラゼは青い傘を、驚いているカーナの代わりにルベンに託す。

「いいのかい？」

すぐにその場の状況を理解したルベンは、戸惑いながら受け取った傘に視線を落とした。

「はい。食事が遅くなるのは、よくないですし。その傘にはマーキングがしてあるので、大丈夫です」

「じゃあ、お言葉に甘えさせてもらおうか。ありがとう」

ルベンが礼を言うのに、ラゼも軽く会釈をして図書館の中へ去っていく。

彼は扉を開き、青い傘を広げるとカーナを振り返る。

「一緒に帰ろう」

青い瞳が優しくこちらを向いていて。

カーナは声もなく、ただ頷くことしかできなかった。

◆

「相合傘イベント完了っと……」

雨が打ち付ける図書館の窓から見おろし、傘を譲った本人はのんびりとした口調で呟く。

先日購入したばかりの青い傘は、この国の皇子に握られ、その隣には彼の婚約者。

(保管しておいたら、後の世で売れそうだな？)

冗談半分、本気半分。そんなことを考えながら、ラゼは微笑する。

この日のためにわざわざ値の張る傘を買ってきたとは、たとえ転生者で乙女ゲームのイベントを理解しているカーナも気づかないだろう――。

彼女はそっと窓から離れた。

魔法はあっても傘はさす。

それを不思議だと思ったのは、果たしていつのことだったか。

前世――地球で生きていた知識を持っているラゼにとって、この世界の文化には違和感を覚えることがたくさんあった。

なぜ違う世界なのに前世と同じモノや、それと類似した思考が当たり前のように存在しているのか。

考えても仕方のないことだと割り切ってこの十数年を生きていた。

しかし、まさか今になってここが乙女ゲームの舞台だと知ることになると、一体どこの誰が予想できただろう。

（ゲームをプレイしていたならまだしも、知識もないのにモブに転生してたら気づけないよ）

乙女ゲーム『ブルー・オーキッド』――それがこの世界だった。それは、ヒロイン「フォリア・クレシアス」を中心に展開する、セントリオール皇立魔法学園を舞台とした学園モノ恋愛シミュレーションゲーム。

先ほど初々《ういうい》しく相合傘をしていった皇子ルベンはその攻略対象者のひとりであり、令嬢カーナは乙女ゲームの悪役令嬢だった。

そして、都合よくそこに居合わせた自分は何者なのかといえば、その華々しい学園に紛れ込んでしまったシアン皇国軍中佐だ。

（……うん。やっぱり、意味がわからないな……？）

アウトプットにきっかけがいるとはいえ、世界ふたつ分の知識をもって中佐にまで成り上がったラゼだが、何故こんなことになっているのかまではわからない。

転生者のカーナからこの世界の秘密を知った彼女であったが、冷静になればなるほど今置かれている立場は摩訶不思議だった。

ラゼ・グラノーリ。誠の名をラゼ・シェス・オーファン。

学園では特待生の庶民として振る舞っているが、本職はこの国の軍人である。

現在は、生徒たちが平穏な学園生活を送れるよう、見守り役を務めている最中だった。

セントリオール皇立魔法学園には、将来この国を引っ張っていく力を秘めた金の卵たちが入学する。入学までに高い水準の学びを修めていなければ試験を突破できないため、それはいつも通りのことなのだが、今年度の入学生は特にそのレベルが高かった。皇子を始めとする、国の重鎮たちを親に持つ晴蘭《せいらん》生まれの生徒が多く集まっているのである。

そして、ちょうどその年に生まれた、皇子を守るだけの力量がある軍人がいるぞ。ということで、現在シアン皇国にひとりしかいない『狼牙《ろうが》』の称号を持つ彼女に白羽の矢がたった。

（一体誰が、死神閣下に私を推薦したんだか……）

ラゼはステキな笑顔で自分に任務内容を伝えてきた上司のことを思い浮かべる。

鬼畜な任務を回してくるウェルライン・ラグ・ザース宰相であるが、人の心を取り戻したのか、今回は珍しく平和な仕事をくれた、と。そう思っていた時が彼女にもあった。

将来、自分より偉くなりそうなお嬢サマとお坊ちゃまには目を付けられないように気を付けながら、年相応にピースフルな学園生活を満喫しようと思っていたのに……。

蓋を開けてみれば、乙女ゲームのシナリオで護衛対象が危険な目に遭う可能性が出てきたのだから、全く笑えない話だ。

所在地すら公開されていない厳重な警備がされている学園で、例年より校内を巡回する守衛の質も量も増やしているが、それでも万が一、皇子やその周辺に何かあれば自分のクビが危ない。最後の砦としての責任は決して軽くはなかった。

ラゼはずらりと並んだ書物を見上げ、ふうと小さく息を溢《こぼ》す。

シナリオで破滅の未来しかない悪役令嬢に転生してしまったカーナを、何としても守らなければならない。

そのためになら、カーナの恋路に足を踏み入れることも嫌ってはいられない。

移動魔法が得意な自分には、なくても困らない傘を念のために買っておき、雨が降ればヒロインのフォリアは図書館に行かないように誘導。イベント発生のタイミングを見計らって、舞台を整える。

ルベンに戸惑っているカーナの反応が可愛い――という本音は横に置いておいて、行動の真意はかなり真面目だ。

冗談抜きで、ルベンとカーナの恋愛にこの国の未来が左右される。

「さてと……」

ひとつミッションをクリアしたラゼは、気を取り直して本に手を伸ばした。

手にした分厚いその本のタイトルは『魔獣百科・Ⅱ』。

「次の準備をしないとな」

そう呟いた小さな声は、誰の姿も見えないフロアでは思いのほか大きく聞こえた。


本と睨めっこしていたラゼは、閉館時間を知らせるチャイムではっと我に返る。

もうそんな時間かと、彼女は元の場所に本を戻すと図書館を出た。

「止んでる」

先ほどまで大降りだった雨はいつの間にか止み、湿った空気からは雨の日特有の匂いがする。

薄暗い雲の隙間からは、金色に輝く二つの月が顔を出していた。

たとえ雨が降り続けても、ラゼは自分の部屋まで転移することができるのだが、移動時間をカットすることはメリットばかりでもない。

周囲の状況、雰囲気の変化を把握するには、ほかの生徒たちと同じように行動を共にすることが一番だ。

ラゼは石畳《いしだたみ》の道を進み、寮に戻った。

すっかり見慣れてしまったシャンデリアをくぐり、ノックをしてから部屋の扉を開く。

「あ、ラゼちゃん。おかえりなさい」

すでに寝る準備万端の姿で、天使の微笑みを見せるのはルームメイトのフォリア・クレシアス。

ベッドの上で本を読んでいた彼女が視線を上げる。

ふわふわしたミルクティー色の髪に、新緑の瞳が印象的な可愛らしい容姿と、正義感に溢れた優しい心の持ち主である彼女こそ、乙女ゲームのヒロインである。

「ただいま」

当たり前のようにフォリアに優しく迎えられたラゼからは、自然と笑みが溢れた。

乙女ゲームではヒロインとして役付けられているフォリアだが、ヒロインだからフォリアなのではなく、フォリアだからヒロインになれるのだと解釈できるくらい、彼女は純真だ。

教会で育ったことも含め、フォリアはこちらが驚いてしまうくらい清楚で優しい。

軍で血と汗に塗れてきたラゼにとって、そんな存在は天使に違いなく。

「ごめんね。もしかして、寝るところだった？」

いつも早寝早起きなフォリアからすると、もう寝る時間なのでラゼは控えめに尋ねる。

「ううん。ラゼちゃんにおやすみって言ってから寝ようと思ってたから、大丈夫だよ」

「…………」

そして返ってきた予想を越える気遣いに、言葉を失った。

自分がちゃんと帰ってくるか心配してくれていたのかもしれない。

（のんびり歩いてなんかいないで、走って帰って来ればよかったッ）

帰る場所に待ってくれている誰かがいる。

学園生活にも慣れてきたと思っていたはずなのだが、どうにも、学生の自分が気を遣われる側になることにはまだ慣れない。

家族と別れて軍人になってから、心配されることは次第に減っていった。

『狼牙』だなんて称号をもらっている軍人が頼りないほうが問題だし、そもそも軍に入った時点である程度の危険が伴うことは必然。リスクや不安をいちいち気に悩んでいては、仕事にならない。

すっかり、軍人としての考え方や振る舞いが身体《からだ》に染み付いてしまったようだ。

それなりに強いから心配しなくても平気だと言いたい気持ちを抑え、素性を隠していることに少しの罪悪感を抱きながら、ラゼは言葉を探して口を開く。

「次からはもうちょっと早く切り上げてこようかな」

「うん。外も暗くなってくるし、それがいいと思う」

フォリアはパタンと本を閉じて夜の挨拶を告げると、すぐにベッドの中に潜る。

どうやら、本当に帰りを待つために起きてくれていたらしい。

ラゼはそれを横目に見届けながら、部屋の真ん中を仕切るカーテンを閉じた。

◆

「ラゼ。昨日は傘をありがとう。おかげで濡れずに済んだわ」

ラゼが日課となった朝のランニングから部屋に戻り、フォリアと今日の授業の話をしていると、あの青い傘を持ってカーナが部屋を訪れた。

適当に魔法で回収すればいいかと考えていたところなので、会いに来てくれるのはありがたい。

「その……ルベン様も、助かったって」

「役に立てたみたいでよかったです」

どこか嬉しそうなカーナに、ラゼはにっこり笑い返した。

「ふたりは、これから朝食？」

「はい」

ラゼが当分出番がなさそうな傘を片付ける間、フォリアが頷く。

「わたくしも一緒にいいかしら？」

「もちろんですよ」

三人は揃って寮の食堂へと向かった。

朝食の時間は夜に比べると静かで、ひとりで席に着く生徒も珍しくない。

それぞれ好きなものを装《よそお》ってから席を探すと、壁際のテーブルに座る赤い髪を三つ編みにした女子生徒と視線がぶつかった。

「おはよう！　こっち空いてるよ」

「おはようございます。アリサ先輩」

そこには向かい側の部屋に住んでいる二年生アリサ・フェーバーと、その正面には彼女のルームメイトであるマリー・ウィンストンが座っていた。

ふたりとも庶民生で、同じ境遇のラゼとフォリアを気にかけてくれる良き先輩である。

手招きされて彼女たちのほうまで行くと、ラゼは眼鏡美人なマリーの隣に座った。

「おはよう、ラゼ」

朝だからと理由を付けるには暗い声で挨拶され、ラゼは目を丸くする。

昨日、ゲームではフォリアと起こるはずだったイベントが自分に起こったカーナとは、真逆のテンションだ。

何があったのかと、ラゼはアリサに視線を向けて助けを求める。

「マリー。ラゼがびっくりしてるよ」

「仕方ないじゃない。人間、魔法と同じで得意不得意があるのよ。やっぱり食べる気になれないから、スムージーとってくるわ」

「はぁーい」

ほとんど手のつけられていない料理を置いて、マリーは席を立つ。

アリサは苦笑して、彼女のトレーからサンドウィッチを自分の手元に持ってくる。マリーが食べられないことを見越していたようだった。

「今日はこの後、実戦演習の授業があるの。マリーは血とか苦手だから、結構キツいんだよ」

マリーが席から離れたことを確認して、アリサが口を開く。

「『実戦演習』ですか?」

フォリアは聞いたことがない単語に首を傾《かし》げる。

「実技と生物学の合同授業があるでしょ？　あれ、害獣を相手に戦うの。聞いたことない？」

「……えっ」

心の底から驚いたのだろう。

フォリアの顔から表情が抜け落ちる。

ラゼはその様子に眉をひそめた。

セントリオール皇立魔法学園で、害獣と戦う授業があることは割と有名な話。他の高等学校でも規模は小さくなるが、害獣の対処の仕方はこの国の教育方針で必須科目になっていたはずだ。

ただ、周りにそこまでの教育を受けることができている知り合いがいなければ、知りえない話か……。

周辺諸国ではひとつ頭が飛び出たシアン皇国であるが、庶民と貴族の間には教育の格差がある。前世のどこかでも、似たような歴史を聞いたものだ。もしかすると、ゲームの舞台となっているこの学園が存在するこの世界にもその歴史が混じっているのかもしれない。――邪推でしかないが。

「あんまり心配することはないよ。本当に体調悪くなっちゃう子は、無理して受けなくてもいいから。まぁ、その代わり拠点の防衛に回ったり救護の練習をしたりすることになるけどね」

貴族の子どもたちが通う、高度な教育を受けることができる学校セントリオール。将来、領主になる生徒も少なくない。外敵から領民たちを守る立場になる彼らには、より多くの経験が必要だ。民を置いて逃げる主人は許されない。

優雅に見える貴族サマの学校も甘くはなかった。

「一年生の時は魔物を観察して害獣と魔物の違いをレポートにまとめるくらいだよ。三年になると実戦演習はなくなって、騎士団志望の子たちが選択する特別授業があるくらいかな」

「……全然知りませんでした」

フォリアはフォークを持った手をぴたりと止めて、小さな声で呟く。

きっと彼女の地元で起こった異常現象のことを思い出したのだろう。

前世の知識では「スタンピード」と表現された、害獣の大量発生。

（あれから二年か……）

フォリアのいたカーデルセン教会のすぐ近くで起こったそれを休日返上で応援に行った記憶が、ラゼの中でも蘇る。

「最初はびっくりするけど慣れだよ。マリーもこんな感じだけど、なんだかんだで一緒に授業受けられてるから。——ね？」

「……なんの話？」

片手に背の高いコップを持って戻ってきたばかりのマリーは突然話を振られて、怪訝《けげん》な表情で椅子に座る。

「人間、慣れれば案外できることもあるって話」

「？　まぁ、そうね？」

頭の上には疑問符が浮いたままの彼女だったが、アリサの勢いに同意した。

「ちょっと前までは、全然ご飯食べられなかったのに大分マシになったよね」

アリサはマリーが食べられなかった分のサンドウィッチを食べながら、寮の食堂で人気の栄養たっぷりスムージーを飲み干すマリーに言う。

「ええ。もう二度と、あんな目には遭いたくないもの」

「あんな目……？」

実戦演習のことを初めて耳にして不安になっているのか、フォリアが反応した。

「何かあったのですか？」

カーナも心配そうに小首を傾ぐ。

文脈からして、何かしらの問題があったには違いないので、ラゼもじっと先輩ふたりの反応を見た。

生徒たちの見守り役として、起こりうる事件は把握しておかないといけない。

「死体に耐性がなくてご飯も食べられなくなって、その結果、貧血で倒れてノーマンにお姫様抱っこされて医務室に連れてかれたんだよね」

「ちょッ。やめっ、あっ。ああ――っ。わぁ――――!?」

混乱して音をかき消そうと声を発するマリーに、隣にいたラゼは耳を塞がれるが、残念なことに全て聞こえた後だ。

(肉を捌《さば》いたことがないお嬢様には結構厳しいのか……)

ラゼはなるほど、と。マリーを一瞥する。人によっては倒れるくらい体調が悪くなってしまう授業なのだと自分の感覚をすり合わせた。軍の新人と比べようとしていた認識を改める。

当時のことを思い出してしまったのか、真っ赤になった彼女はアリサを睨む。

「な、なんてことを。言わなくてよかったでしょ、今のは!?」

ラゼの耳を両手で塞いだまま、マリーはわなわなと震える。

理事長のご子息ノーマン・ロイ・ビレインをライバル視している彼女にとっては、大きなダメージだった。

「え？　倒れちゃったのを、すぐに運んでくださったんですよね……？」

マリーとノーマンの関係を微妙に理解していないフォリアが、どうしてマリーが怒るのかわからないと眉を垂らした。

「そうだよ。マリーが倒れそうになったところを一番にノーマンが助けてくれたのに、ひどいよね」

フォリアの純粋な疑問が、マリーに突き刺さり、眼鏡の奥の瞳がウッと歪む。

「わ、私はそのことを言う必要がないって言いたかったわけじゃなくて……」

「わけじゃなくて？」

アリサの質問にマリーの目が泳ぐ。

「その、お、お姫様抱っこのところは、言う必要がなかったと思うのッ！」

半ばヤケクソになって言い放ったマリーは、真っ赤に耳を染め上げていた。

「別に恥ずかしがることないのに。照れちゃって」

「照れてない!!」

まだ彼女に耳を緩く塞がれたままだったラゼの頭は、ぐわんぐわん揺れる。

「…………実戦演習……」

ラゼの隣に座っていたカーナが、口元に手を当てて何か考え込むような仕草を見せたのが、視界の端で見切れていた。


愉快な先輩たちと別れると、授業の時間がやってくる。

ラゼは大きな机が階段状に並ぶ広い教室で所定の位置につくと、クラスメイトたちを観察した。

全体的に雰囲気は良く、いつも通り。入学したばかりのころは、高貴なご子息ご息女が固まるA組の中ですら、位のある家柄の生徒の間には分厚い壁があったのだが、今はそれも薄れてきている。話の合う者同士で仲良しグループが完成し、和気藹々《わきあいあい》としている。

　同じ学生同士、位関係なくこれを機に友好を深めるのは大切なことだ。

　ラゼは、カーナが席に着くのと同時に彼女のもとに歩み寄る、乙女ゲームでは悪役令嬢の取り巻きとして登場する令嬢ふたりを視界に入れる。

　無論、悪役令嬢に転生してしまったと理解している中身は別人のカーナが、彼女たちを手駒にすることはあり得ない。

（ハンガー伯爵令嬢とは一悶着あったけど、あの後ちゃんとフォリアに謝ってたし。可愛いもんだよな）

　乙女ゲームの攻略対象者のひとりである、財務大臣子息のルカ・フェン・ストレインジに想いを寄せているオリビア・エイン・ハンガー伯爵令嬢。

　フォリアに嫉妬し嫌がらせをしてしまった彼女のことは、マークしているラゼだが、あれ以来オリビアが罪を犯すことはなかった。

　オリビアも誰が自分を見張っているのかわからない状況で、いつ教師に密告されるかと不安だったのだろう。ルベンの誕生日会から数日眠れない日が続いたようで、あの時期は体調が悪そうだった。

　回収し損ねたフォリアの万年筆を謝罪と一緒に返したところを陰から見ていた時は、任務よりもドキドキしたものである。

　ラゼは、小さな子どもを慰めるような瞳で、カーナにも挨拶を告げに行くオリビアを見守った。

そうしている間に、クラスの机は埋まっていき。

クラスナンバーワンＶＩＰの皇子ルベンが姿を現した。

さすがにもう最初の時のように、彼の登場を特別気にする人はいない――と言いたいところだが。

（いや。いるか……）

ラゼは考えを改める。

ルベンは自分の席に向かう途中、自然と重なり合った視線の持ち主に対して笑った。

「おはよう」

少し離れた席に座っていた婚約者に朝の挨拶をする。

図らずも目が合ってしまったらしいカーナは、他の生徒がいる手前、「ご機嫌よう」と上品にその場で会釈した。お互い見ていなければ、目は合わない。

声がギリギリ届くような絶妙な距離感で交わされたやりとりに、ラゼは笑ってしまう。

どうやら、ルベンは本日も朝から絶好調のご様子だ。お元気そうで何よりである。今日もこの国の平和は保たれた。

背中に花を背負っているルベンの笑みに、カーナが胸中、照れながらも喜んでいるのが目に浮かんだ。

昨日傘を貸したあと、何があったかはラゼも知らない。ルベンのお付きであるクロード・オル・レザイアが見守っているのがわかったので、最後まで追っていなかった。

しかし、相合い傘といえば……。加えて、それが乙女ゲームのイベントだとしたら……。ということなので、大体何があったかは想像できる。

ルベンは自席に鞄を置くと、何かを手に持ちカーナの席まで階段を登った。

「ハンカチ、ありがとう。忘れないうちに返すよ」

丁寧に包装されたそれを、カーナは両手で受け取る。

（なるほどね。わかりました）

ラゼはそこで確信した。

カーナを気遣ったルベンの肩やら服やらどこかが濡れて、カーナはハンカチを貸したのだろう。

この予想に全財産を賭けてもいい。勝ちしか見えない。クロードに答え合わせは頼めないが。

いや、それこそ魔法で乾かせよ。なんて野暮なことは言ってはいけない。

ここはハンカチも、傘も存在する乙女ゲームの世界。

皆が皆、便利な魔法を使えるわけでもないので、生まれたときから決まる偏りのある魔法ではなく、人が平等に使うことができる文化を趣深《おもむきぶか》いとするのは、この世界独特の価値観だ。

（……魔法使うの、疲れるしね）

ラゼは無意識に黒い魔石のピアスに触れる。

学園に潜入してから、確実に魔法の使用の量も質も確実に減っていた。

（五三七大隊を任されてから、これだけ長く軍を離れることになるのは初めてだ）

現在こなしている任務的には、それで問題ないのだが、あまり現場から離れると戦闘の感覚が鈍《なま》る。

部下たちがどう過ごしているかもわからないし、帰った時には違う面子《メンツ》になっているかも――。

そこで前から歩いてくる生徒に気がつき、冷たいピアスから手が離れる。

職場で大変お世話になっている上官の姿が重なり、ラゼの思考が切り替わった。

「おはよう。特待生」

「おはようございます」

今日も今日とて、皇国ではあまり見ない青みを帯びた黒髪を持つ美麗な容姿を存分に発揮しているのはアディス・ラグ・ザース。

ラゼの直属の上司にあたるシアン皇国宰相ウェルライン・ラグ・ザースのひとり息子だ。

先ほど観察していたルベンとは打って変わって挑発的なご挨拶。いつもこんな感じに突っかかられるので、挨拶はいつもアディスのほうからだ。上司の息子サン相手なのだが、ラゼから挨拶をすることのほうが珍しかった。

言い方はともかく、ちゃんと挨拶をしてくれるところに、彼の育ちの良さを感じる。

「君、昨日帰り遅かったでしょ」

アディスはすぐ右隣の机の上に鞄を置いて座ると、一限目に使う教材を出しながらラゼに尋ねた。

「え……？」

想定外のことを聞かれ、ラゼは小首を傾げる。

「たまたま外見たら、歩いてるところ見えた」

「ああ、なるほど」

コの字形をした学生寮なので、内側の部屋だと入り口までの道が見える。

いくつか視線を感じたが、そのうちのひとつはどうやら彼のものだったらしい。どこに誰の視線があるかはわかったものではないよな、なんて考えるラゼは諜報気質だ。

「寮の門限にはちゃんと戻りましたよ」

門限について咎められたと解釈すると、アディスは手を止めてこちらを向く。

「門限ギリギリに戻ってくる女子生徒、なかなかいないんだけどね」

それはごもっともなので、ラゼは口を閉ざす。

ご令嬢たちは美容にかける時間が違うし、暗い外に出ることも控える。図書館に寄ったとしても、本を借りればよいので、ラゼのように閉館ギリギリまでいることはないだろう。

「どこ行ってたの？　商店街？」

「いえ。図書館に」

「へぇ。さすが特待生」

言葉だけ聞くと嫌味にも聞こえるが、グレーの瞳を見れば悪意はないことがわかる。

「定期考査が近いので……」

特待生をネタに話しかけてくれるのは、もしかすると彼なりに気を遣ってくれているのかもしれない。

（そう考えると、人脈広いのも納得できるよな）

入学してから、たくさん女子を侍《はべ》らせていたので、他の男子から反感を買うのではないかと思っていたが、彼も世渡りが上手かった。

女子だけではなく男子とも普通に仲良くしていて、繋ぎ役と表現するのがぴったりな立ち振る舞いをする。

（私は学園に入って正解だと思うけど。どうして騎士団に入りたかったんだろ？）

理事長ハーレンスの話によると、アディスは父親の説得でセントリオールに入学したが、本当は学校には通わず騎士団に入るつもりだったらしい。騎士の道を志すのは、貴族サマのエリートコース。国の内側を担当する騎士団と、皇国中枢の幹部及び、領主たちとは結びつきも強い。騎士になれば入団後の暮らしは安泰だと言われている。誰もが憧れる職業だ。

一度、ハーレンスの指示で授業中にアディスと剣を交えたが、騎士団に入団しても十分ついていくことができそうな実力を持っていた。

しかし、セントリオールで学びを得る機会と入団を天秤に掛ければ、期間が限定される前者の方が稀有《けう》に思える。セントリオールに入った方が経験的にはメリットが大きいと、本来であればこの学園に入学することはきっとなかったはずの軍人の少女は考える。

（こんな貴重な機会を、自ら辞退するなんてもったいない……）

華やかな騎士とは異なり泥臭い仕事ばかりしているラゼだが、位階はかなり上。

大人と同等に戦える少年兵——青龍兵《せいりゅうへい》の出でここまで生き残り、中佐という地位までたどり着いた彼女からすれば、就職より学園生活の方がよっぽど貴重なものである。

だから、たくさん資料が集まった良質な図書館で本を選び、勉強するのも嫌いではなかった。

アディスの学力については、ラゼもまだよく知らない。

護衛対象の情報を事前に入手すべきだったのだが、理事長のハーレンスに、一生徒として通うのだからその必要はないと一蹴されてしまったのだ。自力で手に入れたのは入学者の名簿くらいである。

家が家なので、家庭学習でも十分高いレベルの教育を受けていると思うのだが、学園で学ぶことが騎士団でも活きるとは限らないので何とも言えなかった。

(次の定期考査で様子見かな)

授業開始のチャイムと同時に、ふたりの視線はそこで切れる。


「知ってるやつもいると思うが、今日はこれから二年の実戦演習がある。一限から害獣の運搬を行い、二限からはさっそく実戦があるから、間違っても許可なく闘技場には近づかないように」

その日の授業は、A組の担任であるサイラス・メイ・ヒューガンの注意喚起から始まった。

毎年恒例のことなので、彼も慣れた様子でどこが封鎖されるなどの情報を説明する。

一般生徒として入学させられたラゼには、今回の件についてハーレンスから特に声がかけられることもなかった。自分の出る幕でもない、恒例行事だ。

しかし。

(こんな見せ場ができそうな授業を、乙女ゲームが見逃すわけないんだよな)

ラゼはちらりと教室の右前方に目をやり、艶めく紫色の髪をもつ彼女の背中を見据える。

カーナが書き起こした乙女ゲームのシナリオ――「予言の書」を読んで、ラゼは各イベントに対処している。乙女ゲームに対するメタ的な予測はできないこともないが、青春真っ盛りの学園で、ゲームのイベントとそうでないものを見分けるのもなかなか難しい。『ブルー・オーキッド』についてなんの知識もないラゼにとっては、シナリオに対抗するには「予言の書」しか頼れるものはなかった。

ここで問題になるのは、カーナによって整理されたその「予言の書」が、悪役令嬢の破滅を回避するために書かれたということにある。

そこには攻略対象者それぞれ、彼らの持つ背景や大切なイベントについてはこちらが感心してしまうくらい細かく記載されている。しかしながら、ラゼから見たその「予言の書」には情報に偏りがあった。

きっと前世でゲームをやりこんでいたのだろう。カーナは、ヒロインがゲームをクリアすることを前提に情報を書き記している。それが問題だった。どのルートを攻略してもカーナは破滅するシナリオな訳だが、そもそもちゃんとしたエンドまで完走できるかすら今は不明なのである。

イベントの内容は、既にごちゃごちゃだ。内容のズレが生じたからか、発生する時期が変化するものもある。昨日の急な雨のイベントも、実を言えばラゼの感覚だけでヒロインとルベンの接触を回避させているファインプレーだ。

（全てを回避させるのにも、正直無理がある……）

乙女ゲームとて、最初から恋愛感情を抱いて交流するパターンは限られるだろう。普通に生活していれば、仲良くなる人とは仲良くなる。それが恋愛に発展するかは本人たちの心持ち次第で、何がトリガーになるかもラゼにわかったことではない。『ブルー・オーキッド』はヒロインの選択肢で相手の好感度が変わり、それに合わせてバッドエンド、グッドエンド、ハッピーエンドのいずれかの分岐に入るらしいが、好感度の数値なんて目に見えない。

ゲームのシステム通り、フォリアに対する好感度で結末が変わるなら、フォリアの代わりにカーナがヒロインポジションでイベントをこなしている時点で、その結末がどうなるのかも想像が付かなかった。

（……ヒロインのフォリアは、攻略対象じゃないモルディール卿のことが好きだしねッ！）

滞りなく授業が進む中、ひとり悶々と頭を回転させていたラゼは、心の中で思わず叫ぶ。

攻略対象者を選んで進むゲームだとカーナからは聞いているのに、同時攻略モードみたいになっているし。イベント自体は起こっていて、関係ない人にまで飛び火しているし……。

「読めないなぁ……」

開いた教科書に、小さな愚痴とため息がこぼれ落ちた。

本来、ヒロインが男子生徒たちを攻略することがゲームの醍醐味。

カーナの話を聞いていると、彼女はこの世界がハッピーエンドに向かっていると当たり前のように思っている。

（まあ、そういうものだと思ってしまえば、そう考えるのも仕方ないけど……）

ここはゲームの世界だから選択さえ間違えなければクリアできるものなのだ、と無意識に考えてしまうのはプレイヤーの性《さが》だ。やり直しの利かない、一回しかない人生でバッドエンドに直進するのはかなりの物好き。

カーナがゲームクリアの条件であるルベンとヒロインが結ばれることを思って、なかなか婚約者殿のアプローチを受け取ることができないひとつの要因であろう。

ラゼは授業冒頭で配布された資料を、ペンで突《つつ》いた。

『実戦演習スケジュール』

今日は二年生の課題発表日及び肩慣らし程度の対戦。翌日、一年生の害獣観察会を挟み、明後日《あさって》には二年生の討伐訓練本番がある。一年生は本番に参加するということはないが、闘技場の観客席から演習を見学することになる。

バトルファンタジーなんて要素を盛り込んでしまったこの乙女ゲームで、ヒロインの強化ができる特別イベントが控えていた――。

◆

乙女ゲームで脇役にすら出てこなかったラゼが、イベントについて頭を悩ませるのならば、現状を理解している当事者のカーナが悩まないわけもなく。

(どうしよう……)

彼女もまた、ヒロインのフォリアを見据えて顔をしかめる。

あともう少しすれば今日の授業も終わり。明日は自分たちが害獣を目の前にする日だ。

既に行事のために派遣された騎士団員たちの指揮のもと害獣たちの搬入が完了し、二年生は指導を受けていることだろう。

この学園の敷地内に、危険な生物がいる。

その事実だけで、カーナは気分が優れなかった。

この優秀な学園でものごとを教える教師や、日頃害獣駆除をしている騎士たちの実力を疑っているわけではない。彼らがちゃんと仕事をしてくれていることは理解しているし、信頼もしている。

しかし、ゲームのイベントとなると話は別だ。

プレイヤーの期待を裏切らず、ゲームではちゃんと害獣が暴れ出すシーンがある。

同時攻略もどきになっている世界線に今はいるが、誰のルートを選んでも強化イベントは通る道。

ゲームでは、暴れ出した害獣にトドメを刺すのが、選んだキャラクターだった。

治癒魔法を使うヒロインは、そのフォローに回る。ゲーム画面では簡単なミニゲームをこなすことで援護し、クリアしたレベルによって攻略対象者の反応《スチル》が変わるという寸法だ。

場所が訓練場や闘技場になると、嬉々としてバトル要素を入れてくるのが『ブルー・オーキッド』の特徴のひとつである。

当時はそのミニゲームがちょうどいい難易度で楽しめたのだが、今となっては全く嬉しくない。

(もしこのイベントでルベン様がフォリアさんのことを好きになったら……)

自分は満足に治癒魔法を使うことができない。何かあれば、フォリアを頼ることになる。

カーナの脳裏に、援護してくれたヒロインに「ありがとう」と優しく微笑むルベンのスチルが浮かぶ。

「ッ……」

画面越しに見た状況を、今度は第三者として見る……。それも、彼は自分の婚約者。

想像するだけでツキリと胸が痛み、彼女は考えをかき消すように頭を振った。

（まず、フォリアさんが誰かを治療しなくてはいけない状況を作らないように努力すべきよ）

言い聞かせるように、カーナは心の中で自分を鼓舞する。

これは大事な友人たちを守るためだ。

その結果として、破滅から脱却できれば願ったり叶ったり。未来がわからなくても、今はそれがベストな選択だろう。

（そうと決まれば、早く対策を練らないと！）

前を向いたカーナの瞳には、強い意志がみなぎっていた。

そこでゴーンゴーンと、授業の終わりを告げる鐘が鳴る。

彼女はすぐに荷物をまとめると、椅子から立ち上がった。

一緒に帰らないかと声をかけてくれる友人たちにやんわり断りを入れると、まず向かった先はフィーザ商店街。学生たちが普段生活している校舎、訓練場、学生寮、時の塔と図書館を囲う城壁のような壁にある大きな門を潜り抜ければ、そこは学園が管轄している特別な町が広がる。その町の住民たちの所在は「セントリオール領」という名称があり、俗世とは違う場所だが、便利なところで老後を過ごしたいお年寄りに人気のある小さな居住区になっている。勿論、この町に住むのにはかなり手間のかかる厳正な審査が行われるが。

在学中は長期休みと、よっぽどの事情がない限り、生徒たちはこの学園の敷地——セントリオール領——から出ることはできない。領と区分されるほどの広大な敷地には、外に出なくても必要なものが購入できるように大きな商店街が用意されているのだ。

もうひとつ付け加えると、わざわざ商店街に行かずとも、実家に手紙を出して仕送りしてもらうこともできるのだが、貴族という身分で気軽に外出できない生徒たちの経験にもなるため用意された施設という一面もある。

シアン皇国を成す数十の領土にある街並みを参考にして作られたその町を、カーナは足早に通り抜ける。

「確か暴れ出すのは、クマの害獣だったわ。あらかじめ薬で弱らせておけばいいのよ」

彼女はそう呟くと、ふんわり花や草の匂いが香る店の前で立ち止まる。

からんからんとドアベルを鳴らして入店すると、その香りは一層強くなった。一歩中に入れば、天井いっぱいに植物が吊るされているのが目に入る。ここはドライフラワーやハーブ、茶葉など乾燥させた植物を扱う店だ。

「えっと、確かこの辺りに……」

ここにはよく自分の好きな花の茶を買いに来るので、目当てのものを見つけるまでそう時間はかからなかった。カーナは授業中に教科書で調べておいたメモを頼りに、店で害獣の弱体化が狙えるハーブを購入した。人がお茶にして飲む、非常に爽やかで癖になるリラックス効果があるハーブだ。

あとは、これをシナリオで暴れ出すと思われる害獣に摂取させればいい。

寮に戻ると、カーナはすぐにハーブの調合を始める。

ひとりで一部屋を使うのは寂しいと思っていたが、こういう時にはルームメイトがいなくてよかったのかもしれないと思いながら、買って来たハーブを粉末にした。獣の食欲を刺激するために効果的な香辛料も最後に混ぜれば、カーナ特製の鎮静ふりかけの完成。あとはエサにまぶすだけだ。

「――問題はどうやって闘技場に入るかね」

彼女は口元に手を置き、考える。

「こういうとき、ラゼみたいに移動魔法が使えれば便利なのに」

本当は事情を知っているラゼにも協力してもらいたいところなのだが、教師の言いつけを無視して勝手に闘技場内に入るなんてことを強要できない。

ラゼは優しいので自分が言えばきっと協力してくれるだろうが、今のカーナに彼女を呼ぶという選択肢はなかった。

「忍び込むしかないわね」

決意を固めると、カーナは支度を整える。

「闘技場までは距離があるから、急がないと」

本当は夜に行動したかったが、普段生活している敷地とは離れた場所にある闘技場に行くには、もう寮を出なければならない。

学園を守るために、城壁の中と商店街の外は迷いの森が広がっている。城壁を抜けて闘技場まで人に見つからないように進むには、森を抜けることになる。灯《あか》りを点《つ》けずにそこをひとりで行くのは、少し勇気が足りなかった。

カーナは作った薬と、身を隠すためのローブを持つと寮を出る。

「ヒロインがゲーム後半にアディス様に教えてもらう抜け道を使えばいいわ……」

壁の上には侵入者を感知する魔法がかかっているので、飛び越えることはできない。裏山近くの雑木林がある方向に、緊急時に使う抜け道があるはずだ。人目を気にしながら寮の外を歩き、雑木林に入るとローブを着てその壁を目指す。

「――あった！」

ゲームで見た通りの光景が広がり、カーナは思わず小さな声をあげた。ハッと我に返ると興奮する気持ちを抑え、きょろきょろ周りに人がいないことをもう一度確認する。

本当にゲームの通りだと、彼女はしみじみしながら壁に空いた長方形の小さな穴を見つめた。

「アディス様は確か、針金で鍵を作っていたけれど……」

カーナはその鍵穴の前に手を当てる。意識を集中させて、魔石を発動させた。

そしてできたのは、氷の鍵。

かちりと音がして鍵が開くと同時に、足元の方の壁がゆっくりこちら側に浮いてきた。

カーナはひとつ固唾を呑む。そっとその壁を引いて、城壁に囲まれた学生たちの生活区域から抜け出した。

外に出ると、そこに広がるのは薄暗い森。脱出用の扉なので、商店街と闘技場に逃げる経路は確保されているが、ここからは気を付けないと校舎に戻って来られなくなる。

カーナはふうと短く息を吐くと、闘技場がある方向に見える印を頼りに一歩を踏み出した。

森の木々に残されている印もあるが、カーナは自分が進んだ道に氷柱《つらら》を作りながら目的地を目指す。


それから、およそ三十分後。

カーナの目の前には大きなスタジアムが現れる。

「氷柱が溶ける前には帰らないと」

彼女は来た道を振り返り、独り言《ひとご》ちた。想像していたより不気味で深い森だった。まるで生き物の気配を感じないのだから心細くもなる。正直、もうこの道は使いたくないほどのものだった。

カーナは気を取り直すと、闘技場に視線を移す。ここからの方が問題は山積みだ。

（どうやって入れば……）

暴れ出す予定の害獣に薬を盛るのが目標だが、達成できない可能性も十分にある。無事にできればベスト。そんなプランだ。

本当は当日に何とかするつもりだったので、下準備もほどほどに飛び出して来てしまった。

カーナは印に導かれて行き着いたスタジアムの壁を見て、どこか侵入できる場所がないか探す。

すると、裏口だろうか。質素な扉をひとつ見つける。そこには見覚えのある、長方形の鍵穴が開いていた。

（もしかして！）

カーナは先ほど作った鍵を復元し、その穴にそれを差し込む。——サイズはぴったりだった。

鍵が開いて、カーナは闘技場に入ることに成功した。

（灯りを点けても平気かしら？）

入った部屋は真っ暗。一瞬悩んだが、このままでは何もできないので、カーナは背後の扉からいつでも逃げ出せるようにしてから左手に光の玉を作る。

「……大丈夫そうね」

そして何も反応がなく、明るくなったその部屋に人がいないことを知ると、彼女は扉から離れて中の様子を見た。

大きな棚に大きなチーズや、瓶に詰められた保存食、水が入っていると思われる樽がずらりと並んでいる。どうやら非常食を保管する部屋みたいだ。

カーナは音を立てないように息を殺して出口を探す。

扉を見つけると、彼女は灯りを消して集中し、魔石を起動する。

（幻術魔法は苦手だから、もって二十分。急がなきゃ）

潜入すると言えば、自分の姿を透明化する幻術魔法が有名だ。妃《きさき》教育の一環として、自分がどこかに逃げて隠れなければいけない時のために練習していたが、カーナの場合あまり長く使えないのと、他の魔法と併用が難しくなる。あまり難易度の高い魔法は使えない。

彼女は慎重に扉を開けて、誰もいないことを確認すると、静かに走ってフィールドを目指した。

フィールドの入り口には見張りがいる可能性がある。カーナは観客席からそちらに回った。

(やっぱり見張りがいるわ……)

観客席に着くと、フィールドにコンテナのような檻がたくさん置かれているのと、それを守る騎士団員たちが目に入る。

日々、乙女ゲームのシナリオに負けないようにと魔法の練習をしている彼女でも、プロを相手にするのは厳しい。

魔法が切れる時間に焦りながら、カーナは目当ての害獣の姿を探す。

(見つけた――)

運が良いことに、今いる席からちょうど見える位置だ。

後は薬を盛って帰るだけ。じっと機会を窺《うかが》う。

「……!」

果たしてそれが、偶然訪れたチャンスだったのか。――それとも必然だったのか。

見張りの交代と同時にエサやりをする騎士たちの隙を、カーナは見逃さなかった。

彼女は高さのある観客席からフィールドに飛び降りる。

(エサが置かれたら、それに薬をかけて帰れば終わりだわ)

カーナは息を殺して、エサが置かれるのを待とうとした。

すると――。

急に、獣たちが吠えたり、唸ったりと騒めく。

「なんだ？」

「うるさくなったな」

騎士たちは冷静に話しているが、カーナの心臓はバクバクと音を立てる。

獣の視線がこちらに向いていることに、彼女は恐怖を覚え、思わず悲鳴をあげそうになった口を両手で押さえた。

「エサに興奮しているんだろう」

「そうか」

騎士たちは檻の中にいる害獣たちに視線を向けたまま、エサを配っていく。

カーナはまるで氷に固められたようにカチカチになって、彼らが通り過ぎるのを待つしかない。

エサが載ったワゴンを押して、その場から騎士の姿が見えなくなると、彼女は震える手で檻の中に置かれた皿に薬を振りかける。

今この瞬間も、中にいるクマの害獣の赤い目が見定めるようにじっとこちらに向いている。いつ飛び掛かって来てもおかしくない。

(で、できた)

そんな恐怖と戦いながら、カーナはやっとの思いで薬を盛ることに成功した。

今はフィールドの入り口に騎士の姿は見えない。

まだ激しく鼓動を刻む心臓を抑え込み、彼女はそこから来た道に戻った。

あの保管庫まで無事たどり着くと、カーナはその場にずるずる座り込む。

「――こ、怖かった……」

何とか目標は達成できたが、あまりにも無謀なことをしたなと、今になって後悔する。

「で、でも、これで明日のイベントは回避できたはず。――そうよ。破滅フラグなんて、わたくしがへし折ってやるんだから！」

騎士団が警備している環境だったということを考えると上出来だろう、悲観することはないと、彼女は自分にそう言い聞かせると立ち上がる。

「よし。氷が溶ける前に、帰らないと！」

ミッションをクリアしたカーナは、すぐさま闘技場を抜け出した。

◆

カーナが無事に寮までたどり着いて眠りについた後、動き出す影がひとつ。

「なんか怪しいなぁと思ってたけど。行動力ありすぎだよ、カーナ様……」

大きく息をひとつ吐いたのは、ラゼだった。

「まさか、闘技場に乗り込むと思う？　妃候補が!?」

彼女は寮の屋上に登り、思いの丈を吐き出す。

授業が終わったあと、理事長に呼ばれたので時の塔に顔を出していたラゼ。ハーレンスの部屋は最上の階にある。彼の部屋から出るとついでにディーティエの研究室に顔を出そうと、階段を下りていた。すると、ふと視線をやった学園全体がよく見える窓から、気になる人影を見つける。

ひとりだけ、こそこそ動く怪しい人が見えたので訝《いぶか》しげに見てみれば、この国の皇子の婚約者らしい人物が、抜け道を使って闘技場に行こうとしているではないか。すぐにカーナの後を追った。

ストーキングしているので声をかけることもできず、何をするのかとソワソワ見守っていれば、害獣に薬らしきものを盛っていて。どうやら、明日の害獣暴走イベントを回避するために動いていたのだと気がついた。

嫌な予感がして、念のためにカーナが使った薬を回収したのだが、騎士団があらかじめエサに混ぜていた薬と相性が抜群に悪いハーブが使用されていた。

「危なかった。薬の組み合わせが最悪すぎて、凶暴化するところだったよ」

ラゼは回収してきた薬が乗った自分の手を見つめる。

犯人捜しをすることになったら、カーナの名誉が危ない。良かれと思ってやったことが悪事になっては、彼女のこれからの人生がパアだ。破滅フラグがビッグすぎる。

(ほんと、びっくりした……)

少し目を離した隙に、こんな大冒険をされるとは思ってもみなかったので、今更心拍数が上がってきた。

「でも、まあ……。気をつけたほうがいい害獣がどれかはわかって、マーキングできたわけだし」

万が一何かあっても、あのクマもどきはアポートで遠くに飛ばせるように準備してきた。

予想しなかったカーナの動きにドキドキする自分を宥《なだ》めると、ラゼはやっと自分の部屋に戻るのだった。

◆

翌日。

いつも通り教室に集まったA組の生徒たちは、制服ではなく運動服を着て教卓を囲んでいた。

「じゃあ、これから闘技場に行くぞ。向こうについたら騎士たちの言うことはよく聞けよー」

ヒューガンが、間延びした口調でそう告げるのを聞きながら、ラゼは隣に立つフォリアの様子をちらりと覗く。

(大丈夫かな……?)

どこか不安気な表情の彼女。

今日はいつにも増して早起きをしていたようだった。寝られなかったのかもしれない。

フォリアが経験した異常現象は、それなりの被害があったので、今回の授業は酷かと思われた。

「フォリア。もし、気分悪くなりそうなら言ってね」

「ラゼちゃん……。ありがとう」

フォリアもいつも通りの振る舞いができていないことを自覚していたのだろう。弱々しく返事をした。

「でも、ちゃんと克服したい気持ちもあるから、ちょっと頑張ってみるよ」

「そっか。わかった」

ラゼは努めて明るく頷いたが、その一方で胸騒ぎがしていた。

日々予言の書を確認しているが、果たしてゲームのヒロインはイベント前にこれほど弱っていたのだろうか。

ラゼは考える。

（いや。たぶん違うよな）

教会育ちとはいえ、庶民とみなされる孤児のフォリアがセントリオール皇立魔法学園に入学するには、それなりの実力が必要だ。

今の彼女はモルディール卿の支援があってここにいるが、ゲームのシナリオではあの異常現象で成果を残したことから、推薦で入学を決めるはずだった。

しかしご存じの通り、国一番なんて言われる軍人が休日返上で害獣たちを薙ぎ払ったので、フォリアの精神的肉体的スキルアップは不発に終わっている。不幸が抑えられたのは良いことに決まっているのだが、ラゼには嫌な寒気がした。

ゲームのシナリオに引っ張られるのは良くない……。

彼女は頭を横に振る。何にせよ、自分のやるべきことは明確なのだ。悩む必要はない。

「大丈夫よ。騎士様たちもついてるから」

カーナは自信に満ちた表情でフォリアを励ます。

「心配することはないわ」

彼女の紫色の瞳が自分に向けられて、ラゼは気まずい。

(カーナ様、すみません……)

彼女は昨日あの害獣に薬を盛ることに成功したと思っているに違いなかった。

後をつけていました。そんでもって薬は取り除いておきました——なんて言える訳がない。

カーナの機嫌が良いことに罪悪感がすごいが、ラゼは笑ってその場をやり過ごす。

「転移するぞ」

ヒューガンの手に置かれたのは、球体の水晶。中心に魔石がうめこまれている小型の転移装置だ。

彼の合図と共に、教室には誰もいなくなった。


淡い光に包まれ、次に視界に広がるのは今初めて足を踏み入れるはずだった闘技場。

校舎と隣接した訓練場とは全く異なり、楕円型のスタジアムになっている。主に夏と冬にある大会のために使われる試合会場だ。

フィールドに降り立ったラゼたちの前には、昨日エサやりをしていた時とは違って布がかけられた大きな檻がいくつも用意されていた。

獣の姿や鳴き声、臭いなどは布にかけられた魔法のせいでわからないが、確実に気配がする。

檻の数を見る限りでは、動物園でも開くのではないかと思うくらいの量がある。

（一体どこからこんなに準備してきたんだろ）

学園側もエグいことをするな、と。

ラゼは遠くから自分たちを見守っている理事長ハーレンスを垣間見た。

昨日、急に彼から呼び出されたと思えば、

『君も、行事のことで不安に思うこともあるかと思うけれど、過保護にはしなくていいからね。彼らには今のうちに失敗も含めて色々と経験を積む必要がある。多少の傷は仕方ないさ。命の危険がある時だけ、特別に助けてあげてくれ』

なんて言われるのだから、恐ろしい。

あれは確実に、余計な手出しは無用という牽制《けんせい》だった。

皇弟という立場にいるハーレンスがそう言うのだから、言葉の重みが違う。獅子の子落としとはこのことか。しかし、死なない程度に見張れと言われるのも、それなりのプレッシャーがあるので勘弁していただきたい。

ラゼは思わずため息を吐《つ》く。

（お偉い人が考えることは、やっぱりわからないや）

おそらく冒険者か騎士団たちに依頼を出したのだろうが、生捕《いけどり》は討伐よりかなり面倒臭い。生徒たちをダンジョンに連れて行くほうが、コストが抑えられそうな気すらする。流石《さすが》の財力だ。

昨日すでに闘技場で授業があった二年生は、このフィールドに魔法で用意された舞台で害獣を倒すことが課題になる。毎年、規模はスタンピードを想定しており、今年の演習で使われる舞台は洞窟が指定されたみたいだ。攻略のために食堂に集まって知恵を集めていた二年生が、なかなか難易度の高い地図を見ていたので、今回搬入された害獣も洞窟を住処としている種が多いのはそういうことだ。

今頃二年生は、作戦を協議する授業を受けている事だろう。

過去にはこの実戦で死者も出ているから、この授業は有名だった。保護者が申請書を出せば、参加しなくてもよい授業でもある。

（まあ、リアルと比べればかなり安全に留意された環境なんだろうけど）

ラゼはクラスメイトが熱い視線を送る騎士たちを見た。

いかにもファンタジーな物語に出てきそうな制服にマントを羽織り、腰には剣を佩《は》いている。さすが花形。全員凛としていてかっこよく見える。何故か皆、顔が整っている気がするのはきっと気のせいだと思いたい。

軍人の制服もそこそこかっこいいのだが、任務の時は戦闘服だ。そもそも民間人と顔を合わせることはほぼない。

騎士団がこの学園の貴族生の憧れの的であることは、反応を見れば簡単にわかってしまう。

「なぁ。あの人って」

ひとりだけマントの色が違う男に注目が集まる。

「副団長ギルベルト・エン・ハインだ」

小声でその名を呟くが、クラスメイトたちの興奮がひしひしと伝わってくる。

（あれが騎士団の副団長……）

彼の噂は昔からよく耳にしていたが、本人を見るのは初めてだった。

白い髪に赤い瞳が印象的で、口の堅そうな男である。

クラスメイトたちからは尊敬と憧憬《どうけい》の眼差しが向けられているが、ラゼの目には違うフィルターがかかる。

（あの美形で騎士サマのエリートなんだから、絶対モテるよなぁ）

ラゼとは五つほど歳《とし》の離れたギルベルトだが、四年前にこの学園から引き抜きで騎士団に入団し、たった数年で副団長までに成り上がった、今一番勢いのある若手だそうだ。

（よく比較されるけど、あんな感じなんだ）

軍のエースと騎士団のエース。

この話題になると必ず、部下たちが「騎士になんか負けないでください!!　代表がナンバーワンです!!」と騒ぎ出す。

生徒のためにわざわざ世間からは孤立したこの学園まで来るとは、ご苦労なことだ。できれば少しだけでいいので、軍人たちの顔も立てていただきたいところである。きっと軍人たちにももっとかっこいい見せ場があれば、もう少しモテるはずなのだ。みんな仲間を家族のように大切にするいい奴ばかりなのだから。

軍人にはない気品のようなものを醸し出す彼らに、ラゼは若干の居心地の悪さを覚えながら、状況を把握した。

(手練《てだ》れも多そうだし、大人しくしておこう……)

ここで優秀な騎士サマに自分の身を疑われては困る。

「思ったより、多いな」

すると、自分が心の中で思っていた言葉がすぐ傍に聞こえて、ラゼは思わずそちらに視線をやる。

ばちりと銀色の瞳と目が合った。

「何?」

「いえ。その、たくさん騎士様がいらっしゃいますね」

アディスに怪訝な顔をされたので、ラゼは慌てて会話を紡ぐ。

(なんか、ぴりぴりしてるな)

緊張しているのだろうか。

なんとなくアディスの放つ雰囲気が尖っている。

「それもそうでしょ。これだけの量の害獣がいるんだし、彼らも実戦で使える人材を見極めに来てるんだから」

「え?」

彼の口から出てくるとは思っていなかった内容に、ラゼは目を丸くした。

「夏と冬の大会の成績に注目されがちだけど、騎士団に入団するための適性を見られるのは、この授業ってこと。実際に害獣を相手に戦えるのか、見られてる」

考えれば簡単に行き着く答えだった。

しかし、彼女は入団することは全く頭になかったので、今日が一部の生徒にとって今後の人生を左右する機会だとは思っていなかった。

「ここで実力が認められれば、卒業前の引き抜きもあり得る」

いつも飄々《ひょうひょう》としているアディスの目は真剣で、その手は武者震いに拳を作っている。

その様子に、ラゼはアディスが何を考えているのかを理解する。

「辞めたいんですか、学校？」

一瞬だけ、アディスの目が見開かれる。

言ってしまってから、あまりにもストレートに聞きすぎたなと少し後悔した。

彼は少し考えた後、応えた。

「……辞めたいというより、早く騎士団に入りたいって言った方が正しいかな」

「なるほど。いいと思いますよ！　応援してます！」

ラゼはそれを聞いて、満面の笑みに変わる。

（死神閣下の息子との別れは、案外早いかもしれない！）

見守らねばならないＶＩＰがひとり減るし、上司のことも考えなくて良いし、乙女ゲームのシナリオも崩れる。いいこと尽くしではないか。是非とも頑張って引き抜かれて欲しい。

そんなラゼの純粋な喜びが伝わったのだろう。

アディスは眉をひそめる。

「普通、そこは頑張って入学したのに勿体ないとか言うんじゃないの？」

「そんなこと言いませんよ！　自分のやりたいことをやった方がいいじゃないですか。むしろ実力があるのに入団しない方が勿体ないですよ」

ルンルンな口調のラゼに、アディスは面食らった。

彼女は庶民生。この学園に入りたくても入れない人もいることを、一番身近に感じる環境にいたはず。反感を買ってもおかしくないのに、そんな答えが返ってくるなんて思っていなかったのだ。

「君って変わってるよね」

アディスは苦笑すると、なんとなく気まずくなってラゼから目を逸らす。

辞めることを止められることはあっても勧められたのは初めてで、何故だか落ち着かなかった。


美麗な騎士たちに囲まれて、害獣の観察会が始まる。

一番近くにある檻にかけられていた布が剥ぎ取られた。

「きゃっ」

「うわ……」

中にいたのは、小さな犬型の害獣が十二匹。

何十もの真っ赤な目玉と、獰猛な牙を剥くそれが露《あら》わになって、生徒たちから小さな悲鳴があがる。

英雄譚を読んで育つ男子はともかく、気品溢れる美しい世界で育って来た女子は初めて目の前にするそれに萎縮している。

フォリアも一歩後退《あとずさ》りするのがわかった。

久しぶりに嗅いだ獣の臭いに、ラゼの手はピクリと動く。

「さて。それじゃあ、これが何の種かわかるやつー？」

ヒューガンは遠慮なく授業を始める。

良くも悪くもいつも通りな彼に、数人が挙手をした。

「はい。じゃあ、マージル」

「中型犬に分類されるグレーウルフです」

ポニーテールがトレードマークのウェンディが淡々と答えるのを聞き、ラゼは感心する。

（さすが辺境伯のご令嬢。他のお嬢様と比べると、慣れてるみたい）

自然に囲まれ、ダンジョンも多い領地で育った彼女は、取り巻き役の影響があるからなのかカーナとも仲が良い。

ウェンディが傍にいてくれているようだし、カーナのことはさほど心配しなくても良さそうだ。

「正解。見たまんまだな。サンコット領にあるダンジョンで捕獲されたやつらだ」

それからしばらくヒューガンの説明が続いた。

そうして一段落すると、彼は生徒たちの顔色をチェックする。

「よし。前置きはここまでにして、本格的に観察会始めるか。後でレポート出してもらうからちゃんとメモ取れよ。気分悪くなったら、俺や騎士の方に言うように」

クラスは六つの班に分かれ、騎士団員と行動することになった。

「分かれちゃったか……」

座席で分けられた班は、フォリアとカーナ、どちらも一緒にはならなかった。

ラゼはフォリアに呟く。

「そうだね。一緒がよかったけど、また後でだね」

フォリアと別れて自分の班が集まるところまで行くと、それまで隠されていた檻の布が順番にはぎ取られた。

コンテナのような檻は、フィールドを埋めるように並べられ、獣たちの視線があちこちから刺さる。

ラゼは視界に入った範囲で、すぐに害獣の種類と騎士の配置を確認した。

自分の感覚が生徒のものとずれている時があるので、先日、図書館で害獣の危険度を勉強し直したが、Ａ組の上位数人なら現在の実力でも十分対応できそうだ。

ただ、生徒たちは武器を今持っていないので、何かあった時には魔法で反撃しなければならない。

（一番強い副団長さんが殿下とザース様の班か。カーナ様の班には少しだけ人数が多く割かれてるみたいだし。フォリアにはヒューガン先生がついてるから大丈夫かな）

流石に、副団長クラスの実力者がいて、皇子を守れないなんてことはないだろう。

皇子の周りに比べれば少し劣る気もするが、カーナの班には騎士の数がふたり多いのと、クロードがいる。

そしてヒューガンは、実技を専門教科としている教師。ラゼの調べによれば、早期退職しているが、彼の前職は皇都勤務のエリート騎士サマだ。そもそも、教育機関として最高峰のセントリオールで教師として働いている彼が弱いわけがない。フォリアのことは守ってくれるだろう。

後、ゲーム関係者はルカがいるが、彼の班の回り方はフォリアの班とは一番離れる。イベントがヒロインと攻略対象者に降りかかるものなら、可能性は低い。

（まあ、イベント内容はぐちゃぐちゃになっているから、そんな推測はあてにしちゃいけないか）

ラゼは気を引き締めると、ひとつだけ布がかかったままの檻を横目に、観察会に混じった。


害獣と普通の動物の違うところ。

それは、その凶暴性にある。簡単に言うと、害獣は人を襲って人を食べる。

見分け方も簡単で、赤い目をしていれば害獣。その他は普通の動物だ。

動物とて、時には人を襲うのでそう変わりはない。バルーダにいる魔物と比べたらどれも可愛いものである。

ラゼは騎士の話を聞いて適当に相槌を打ちながら、ノートにレポートで書く内容を書き留めた。

「わぁ。ウサギの害獣もいるの？」

先を進む班から、女子の明るい声が聞こえて顔をあげる。

「見た目は普通のウサギだけれど、耳もいいし脚力が尋常じゃないの。急所を蹴られたら命を落とす危険性もあるから油断しないようにね」

女騎士がそう説明するが、檻の中で大人しくしている害獣は見世物状態。

見た目だけなら可愛い害獣はたくさんいるので、生徒たちも最初に見せられたグレーウルフの反応よりリラックスしている。

「思ってたより大人しいんですね」

同じ班になった男子が騎士に尋ねる。

「そうだな。これだけたくさんの害獣がいて、興奮状態では君たちも驚くだろう。搬入する前からある程度薬で弱らせている」

それはそうだよなと納得して、ラゼはチラリとカーナの姿を探した。

もし昨日カーナがここに忍び込んでいたことに気が付かなかったら、どうなっていたことか。

ラゼは何も知らないで、熱心に勉強に励むカーナを見る。

(今のところ、クマ型の害獣が暴れる様子はなさそう、かな……)

とりあえず、カーナが気にしていた害獣については正常に薬が効いているようなので、大丈夫だと思いたい。

ゲームの中心人物のフォリアの班には乙女ゲームの攻略対象者がいないのだが、この後何か起こるのか、それとも何事もなく終わるのか、気が抜けない。

(イベント、回避できるのかな?)

今回のイベントは、相手を入れ替えればよい恋愛イベントとは一味違って、かなりスリリング。

単純な話、害獣を全部殺しておけばイベントなんて起きようがないはずなのだが、違う形でイベントが起きては困る。加えてそんなことをしては、生徒たちの成長の妨げにしかならない。

(加減が難しいですよ。理事長……)

最善を尽くすことができないのが、ラゼには歯痒《はがゆ》かった。

一通り、用意された害獣たちを見終えた生徒たちは、布がかけられたままの檻の前に集まる。

「ここからはおれが説明するな」

そう言って前に出てきたのは、生物学の教師でラゼもお世話になっているナイジェル・ミラ・ディーティエ。特徴的なたれ目には光がなく、いつもダルそうにしているが、今日は少しテンションが高い気がする。

ラゼはヒューガンではなく彼が出てきたことで、そのひときわ大きな檻の中にいるものが予想できてハッとする。

バサリと質量感のある音を立てて剥がされた布から露わになったのは、それまで観察してきた害獣とは比べ物にならないほどの巨体をもつ魔物。

人が住む大陸ここオルディアナと、もうひとつある魔物が住む大陸バルーダ。後者の大陸でゾーンⅢと名付けられた範囲でよく見かける個体のそれは、牛のような顔に三本も角が生えている異形だった。

人が住むオルディアナが乙女ゲームの世界というのならば、バルーダはＳＦホラーゲームの世界とでも言えそうだ。

これには、生徒たち全員が言葉を失っていた。

「こいつはもう死んでるから心配すんな。魔法で立たせてる」

ディーティエは安心しろと言うが、刺激が強すぎたようだ。

「オリビア！」

「！」

ひとりの女子生徒が気を失い、倒れる。

咄嗟《とっさ》に近くにいたルカが彼女を受け止めようとしたみたいだが、一緒に地面に倒れてしまった。

オリビアは保健医に連れていかれ、その他の耐性がない女子生徒たちが離脱する。

自分の住んでる世界にこんなバケモノがうじゃうじゃいる大陸があるのだと想像すれば、気分が悪くなるのも仕方がない。ニンゲンとしての本能が、これは危険で混じってはいけないものだと拒絶反応を起こしているのだ。

(そんなに気持ち悪いのか、これ……)

死んでいるので威嚇もしないし、魔物特有の覇気も出してこない。割と状態の良い個体なのだが、そこまで反応が出るとは。

仕事ですっかり耐性ができているラゼは檻の中の魔物に視線を移す。

オルディアナにはいない特殊な生物は、初めて見る人にとっては宇宙人的なものに感じる。ラゼも初期の頃は気持ち悪くて足がすくんだことがあったが、もう遠い昔の記憶だった。慣れてしまった自分に、何とも言えない気分になった。

「あー。私も……」

フォリアとカーナがいなくなるのを見たラゼは、一緒にヒューガンがいる方へと行こうとしたのだが。

「グラノーリ⁇」

「……………はい」

ディーティエに名前を呼ばれて断念する。

彼の研究室に通って資料を見たり、標本を見たりしているからか、残念なことに許されなかった。

ディーティエには自分に魔物を見る耐性があることはお見通しだったらしい。

ラゼは渋々彼の講義を受ける。

「見ての通り、害獣と全然違うバケモノが魔物だ。バルーダにはこんな感じのやつらが溢れてる。お前らが身につけてる魔石は、軍人たちが一生懸命狩ってるこいつらから採れたものだ」

ディーティエの口から「軍人」というワードが出て、ラゼは落ち着かない。

「わかりにくいかもしれないが、こいつの額に魔石がある」

彼は「あそこな」と、黄色みを帯びた魔石を指さした。

目が良いラゼの瞳には、はっきりとそれが見える。

色からして、雷や光に関する魔法に適性が振れる魔石だ。

「あれが魔石……」

近くからクラスメイトの呟きが聞こえて、ラゼはそちらを見ると、声の持ち主はウェンディだった。

辺境伯の令嬢である彼女は狩りが得意なのだとカーナから聞いたことがある。魔物にも耐性があったのだろう。静かにバケモノを観察している。

「あの石がカットされて、今お前らが使ってるようなチャームになる」

ディーティエの言葉に、生徒の中には自分が持っているチャーム——魔石を使うための道具・装飾品——に視線を移す者がちらほら。

ラゼはルベンに視線を向ける。彼が使っている魔石は、彼女が献上したもの。

ルベンも、自分の腕で輝くバングルを見つめていた。

綺麗にカットされて磨かれたそれが、こんなものから採れているとは。

何も声には出さずとも、魔物に向き直った彼の顔には、他の生徒と同じようにそう書いてあった。

「魔石は個体によって性質が違う。全部一点ものだ。採れるものには差が出る」

ディーティエの話は続く。

ラゼは固く口を結んでそれを聞いているが、この場に彼女以上に魔石のことを理解している人はいない。

(学校でも教えてくれないことは、山ほどあるよ)

彼女の目は、ディーティエではなくその話を聞いている生徒たちに焦点を当てている。

石が結晶のように透明で光を通すものは、人間を噛むか食べるかしたことを表している。あのレベルの透け感だと、そう多くは人間を摂取していないようだが、ラゼの拳には無意識に力が入った。

綺麗に透き通った魔石ほど、訓練された軍人が負傷するくらい危険な魔物から採られている。

セントリオールの生徒たちが持っているチャームは、どれも綺麗なものばかりだ。

そして、自分の耳についているのは、己の身を負傷しながら殺した魔物から採れた、真っ黒に見えるが透明度は非常に高い石――。

ラゼはそっとそれに手を触れた。

「魔石を採るためにバルーダに渡るには、国の許可がいる。基本的に軍に所属する人間しか行けないからお前らにはあまり関係ないだろうが、中には軍に入隊するやつもいるだろう。使ってるものがどんなものかぐらいは知っておかないとな」

ディーティエは中にいるものが死んでいるため、ただの入れ物だった檻を開けると、魔法で魔物を伏せの形にする。

「今から魔石取り出すけど、やりたいやつ……は、いないか？　んじゃ、おれの研究室を代表してグラノーリいってみようか」

「えっ」

最初からそのつもりだったかのように、ディーティエの視線が迷いなくラゼに定められた。

自分の名前が出るとは思っていなかったので、ラゼは驚きながら耳から手を離す。

完全にいいように扱われている。が、クラスメイトたちは乗り気ではないようだし、指名されて行かないわけにも……。

「……わかりました」

ラゼはディーティエを恨めしく思いながら、重い足取りで前に出る。

「――先生」

すると、勇敢にも手をあげた生徒がひとり。残った生徒たちの目が彼に集まる。

ラゼも足を止めてそちらを振り返った。

「お。ザースもいけるか？　じゃあ、前出てこい」

「はい」

何故か、このタイミングで手をあげたアディス。

「やるのか？」

隣にいたルベンも驚いた表情で彼を見つめていた。

「女子ひとりにやらせるわけにはいかないので」

彼はさらっと、いつものお人よしムーブでそう返す。静かに口を閉ざしてその場に残っていたクラス数名の女子生徒が、ぱっと目を輝かせている。

（私が選ばれる前に、それはやって欲しかったなー？）

またひとつ株をあげていらっしゃるアディスに、ラゼは心の中で呟いた。

彼女がそんなことを思っているとは知らないアディスは、自らこちら側にやってくる。

「……いいんですか？　その、かなり臭いですよ？」

思うところはあれど、彼がどうやら気を遣って立候補してくれたことには変わりない。

ラゼはたとえ授業態度や人間関係にプラスになったとしても、お貴族サマの坊ちゃまがやりたがることではないので、思わず尋ねた。

庶民のラゼが不浄とされる魔物に触れることは、生徒は何も関心をもたないだろう。

しかし、この国の宰相閣下と隣国の姫君の間に生まれた彼が、そんなものに自ら進んで触ろうとすることは、ラゼとは違う目で見られることになる。

驚いた顔をしたルベンにアディスが問われたのは、そういった感覚が彼らの中にはあるからだ。

こればかりは、彼の体裁《ていさい》にも関わることなのでラゼも少し心配だった。

「魔物を見るなんてもう二度とないだろうから。経験としてやっておきたいと思っただけだよ」

アディスはそう言いつつも、魔物の独特な臭いに少しだけ顔を歪めた。

魔石を採取する経験なんて、国の内側を守る騎士になりたい彼には必要ないことなのに。

ラゼはちらりと、傍でこちらを見守っている騎士たちの様子を窺う。

(非難されることはなさそう……。よかった)

これがもしルベンにやらせるなんて流れになっていたら、また彼らの表情は違ったかもしれない。

可哀想な庶民の女子生徒のために、それなりの後ろ盾があるアディスがやるのは、褒められるラインのようだ。

こんなことまで配慮しなければならないとは、頭が痛くなる。体裁を重んじる貴族サマも大変だ。

「君こそ、平気なの?」

「ッ!」

少し意識を外していると、アディスに軽く顔を覗き込まれる。

「俺がやるから。嫌なら傍で見てなよ」

ラゼは目を丸くする。

(どう見てもあなたの方が嫌そうな顔してますけど……?)

アディスはいかついナイフを受け取り、ディーティエの指示に従って魔物の頭の前に膝をつく。

ラゼも同じくナイフを握り、魔石を取り出そうとするアディスの横にしゃがんだ。

そして、彼が緊張した面持ちで、魔物の頭の毛を掴んだ時だった。


異質な雰囲気を瞬時に察知したのは、死んだ魔物ではなく、その口の中。


「────なッ」

突如、がばりと開いた大きな口から、タコのような生物が姿を現した。

それに気が付いたラゼが最初に抱いたのは驚きではなく、相手を潰すという闘志。

彼女は咄嗟に隣で膝立ちしていたアディスの前に身体を入れ、飛び掛かってくるソレを左手で地面に押さえつけながら、右手に握り直したナイフで頭部を突き刺す。

それは、その場にいた誰よりも早い対応だった。

異常事態に気がついた騎士が数名、腰の剣に手をかけた時点で、魔物は床に縫い付けられる。

魔物の急所は動物の急所とそう変わらない。致命傷を与えればちゃんと倒せる。確実に頭を仕留めたことを確認してから、ラゼは床に刺さったままのナイフから手を離した。一瞬の出来事である。

「あッぶなぁ〜〜!?」

後からやってくる驚きに、思ったことが盛大に口からこぼれた。

「気持ち悪いなあ、もう……」

ラゼは左手にくっついてきた脚を引きはがそうとするが、吸盤が吸い付いて取りにくい。力任せにはがしてみると、跡が黒く染まっていた。

(毒か、これ――)

バルーダの魔物からもらう黒い傷は「呪い」と呼ばれ、一生傷が残る。

ラゼの脇腹に残っているのも、爪から毒が分泌されるタイプの魔物からもらったものだ。黒傷《こくしょう》が出たことを自覚したからか、だんだん痛くなっている気がした。

ラゼは身体中に毒が回らないように転移の魔法で対応する。

(油断してた。まさかこっちに来るなんて)

久しぶりに傷を負ってしまった。もっと早くに気が付ければ、魔物だけバルーダに強制送還できたというのに、確認が足りなかった。これくらいの傷はなんてことないが、曲がりなりにも称号持ちの軍人サマがこれとは間抜けなことだ。

「グラノーリ!」

すぐ後ろにアディスの声が聞こえて、ハッとそちらを振り返ると、間近に彼の顔があった。

珍しく、特待生呼びではない。まあ、それも本当の名前ではないのだが。

「なんで俺のことなんかかばった!?」

普段誰にでも温厚なはずのアディスが、声を荒らげた。

ラゼはきょとんと口を開く。助けたのに睨まれるとは思ってもみなかったし、相手が相手なので戸惑って言葉を呑む。

「――っと、すみません……？　あ。大丈夫なので、触らないでください」

背後から伸びてきた彼の腕を、負傷しなかった右手で掴んだ。

「大丈夫って！」

こんな変色していて大丈夫な訳があるか、と。真剣な銀色の瞳が訴える。

「お前ら、早く檻から出ろ！」

安全の確認が取れないので離れろと、ディーティエの指示が飛ぶ。

騎士たちが状況の確認と、見学していた生徒を避難させているのがわかった。

ラゼは手を放して前を向き直す。次に何か出てきようものならば、即刻転移させてやるつもりだったが、騎士とディーティエが魔物を見てくれているのですぐに立ち上がった。

「ザース様、出ましょ――うッ!?」

しゃがんだままだったアディスに声をかけると、勢いよく立ち上がった彼に、担がれるではないか。

「え、ちょッ」

想定外もいいところだ。

視界が高くなり、腹にはアディスの肩があたる。正直、タックルでもされたのかと思った。

「腕、動かすなよ」

アディスはいつになく不機嫌そうな低い声で、ラゼは口を閉じる。

檻から出ると、すぐに地面に下ろしてもらえた。

「黒傷だ。早く毒を抜かないと」

彼はラゼの腕に浮かんだ、入れ墨のような黒い痣《あざ》を見て目を細める。

(知ってるんだ。この傷のこと)

なかなか勉強熱心だなと感心していると、アディスがまだ手にしていたナイフに視線を落とすもの
だから嫌な予感がした。

「痛いけど、ちょっと我慢して」

血を抜く気だと気が付いたラゼは慌てて首を振る。

「い、いいです！　大丈夫ですから！」

「毒抜きならやったことがある」

今度は貴族のお坊ちゃまなのに、物騒なことを言い出した。

(そんなこと聞いてない！　こわいこわいこわいって！)

心配されているところ悪いが、転移の魔法で皮膚から混入したものはすでに取り除いている。

ナイフ片手に狙いを定めているアディスに、ラゼはうろたえた。

「ど、どこでそんなことを!?」

「毒は時間との勝負なんだ」

ラゼの問いにびくりと肩を震わせた彼の瞳に、不安が揺れている。

(あ……)

そこで彼女はやっと、アディスの手が小さく震えていることに気が付いた。

「ザース様」

ラゼは右手でその手を掴み、彼の名を呼ぶ。

「もう毒は抜いたので、ほんとに平気ですよ」

なるべく優しくそう答えて、ラゼはアディスに微笑む。

手が震えるほど衝撃的な出来事だったのに、こちらを心配してくれたのかと思うと申し訳ない。

いつも金の卵やら、死神閣下の息子やらとそんなことばかり気にしていたが、彼もここにいる自分以外の生徒と同じ、民間人だった。

「顔色よくないです。ザース様のほうこそ大丈夫ですか？　さすがにびっくりしましたよね」

それまで強気だったのに、不意に弱った表情をされてラゼは逆に気持ちが落ち着いてくる。

「ラゼちゃん！」

騎士の制止を振り切って、騒ぎを聞きつけてきたフォリアが真っ青な顔で一直線にやって来た。

「怪我は!?　治癒魔法かけるよ!?」

「ありがとう。吸盤でかぶれたところを治せる？」

「わかった！」

彼女は傷には触れないように注意しながら、魔法をかけてくれる。

ちょうど倒れた生徒を運んだため保健医が席を外していたので、治癒魔法が使えるフォリアがきてくれるのは助かった。治療を受けられれば、少しはアディスも落ち着くことができるだろう。

魔物を直視することができない女子生徒たちが集まるヒューガンのところにいたはずなのに、ここまで来てくれるとは、やっぱりフォリアは優しい。こんな状況なのだが、ラゼの表情は緩んだ。

感じていたピリピリとした痛みは引いていき、残ったのは黒い跡。

(黒傷は見えると説明が面倒だから、幻術かメイクで隠すのが一番かな)

偽装工作は諜報ではよく使う。腹部の傷ですらお嬢様たちに悲鳴をあげられるのだから、露出させないに越したことはない。他のクラスメイトたちはすでに騎士たちの誘導で離れており、この傷を見た人は少ないだろう。

ラゼはその場凌《しの》ぎに、黒い傷を幻術で消した。

「傷のことは秘密で」

それを見て目を丸くするフォリアとアディスに、ラゼは悪戯《いたずら》っぽく笑う。

「……医務室、行こう。俺も行くから」

彼も落ち着いてきたのか肩にこもった力を少しだけ抜くと、ラゼの腕を優しく引いて歩きだす。

本音を言えば医務室に世話になることはもうないので、行く意味もないのだが、大人しく従うことにした。

騎士に誘導され、室長のメリル・ユン・フェリルに診察を受ける。

「――うん。よかった。問題はなさそうね。服汚れちゃってるし、これに着替えるといいわ」

「ありがとうございます」

フェリルに渡された質素なワンピースに着替えて診察用の部屋から出ると、椅子に座って待っていたフォリアが真っ先に立ち上がった。

「フォリアが手当てしてくれたから、大丈夫だったよ」

フォリアは何か言いたげな様子で口を開くが、一度口を閉じて困ったように笑う。

「……ラゼちゃんが無事ならよかった」

「うん」

何となく、入学したばかりの時に見られた腹部の傷のことを言い淀んだのではないかと察した。

黒い傷なんて、滅多につくものではない。彼女の印象に残っていてもおかしくはなかったが、聞かれても答えることはできないので、何も気づかないフリをした。

「じゃ、戻ろっか」

あの一件で授業がどうなったのかはわからないが、自分のせいでふたりが授業を受けられなくなるわけにはいかない。

まだ険しい表情をしているアディスに、「犬に噛まれたようなものですよ」と言って、ラゼは出口に足を向ける。

すると、医務室の前に人の気配がした。ノックの音と共に、ハーレンスが現れる。

「無事なようだね」

ラゼは慌てて背筋を伸ばした。

「無理をしなくていいが、時間をもらえるかな？」

ハーレンスの視線に、彼女は状況を察する。

（安全の確認をしてくれってことかな。まあ、それもそうか。騎士には魔物のことわからないもんな）

この学園、いや。この国において魔物に関する一番のプロフェッショナルは、ラゼ・シェス・オーファンである。

魔物について研究しているディーティエがいるにしても、自分が確認するのが一番適任に違いなかった。オルディアナから出たことがない人間が、バルーダの生物に関する危険をきちんと検証するより、この学園にちょうど潜入している経験者を現場に呼んだほうが安全だ。こういうイレギュラーの時のために自分がいる。まさか、こんなことが起きるとは思っていなかったが……。

「何が起こったかなら、僕が説明しますが」

はいと返事をしようとすると、アディスのかしこまった言葉遣いが重なる。

「いや。傷のこともちゃんと話したいから、できればグラノーリくんに来てほしい」

怪我をしたのが関係者で良かったなと。ラゼはそれを聞いて思う。

これがもしアディスが怪我をしていたら、学園側も気まずいことになっていただろう。庶民で、軍人で、既に自立した名誉貴族の彼女に、ハーレンスが事の経緯を説明しなければならない保護者はいない。なかなか役目は果たしているのではなかろうか。

「大丈夫です。――ふたりは先に授業に戻って、先生に説明してもらってもいいですか」

「うん……。カーナ様にも大丈夫だって伝えとくね」

快諾してくれたフォリアに、ラゼは頷く。

(カーナ様、またシナリオに囚われてないといいんだけど……。気にするなっていう方が無理か)

昨晩、あれだけ頑張って動いたのに、こんなことが起こってしまっては後味が悪い。

カーナの行動から、ゲームと関係があるはずの害獣は可愛くないクマさんだった。フォリアが助けに来てくれたことは同じだが、それ以外の条件が違い過ぎる。ゲームのイベントのしわ寄せだと思いたくはない。

(事件の要素が強いと、結構イベントの内容がぶれるな)

フォリアがクロードと図書館で出会ったようなコミュニケーションならば、イベントは原作に忠実に起こりやすい。しかし、ルベンの誕生日会や、今回のようなリスクを孕むイベントは予測が難しくなる。質《たち》の悪い話だ。

ただ、これだけわかっただけでも収穫かと、ラゼは考えを改める。

「行こうか。急かして悪いね」

「いえ。問題ないです」

ラゼはハーレンスと共に、再び闘技場に戻ることになる。

「人払いは可能な限りでしてある。騎士は数人いるが、君のことは伝えきれていない。ヒューガン先生は生徒たちと校舎に戻ったが、ディーティエ先生は……」

あの中ではディーティエが魔物に詳しいので、このまま現場を見に行くと正体がバレる。

「任務には支障をきたしません。気になさらないでください」

ハーレンスが申し訳なさそうに言うので、ラゼは特に顔色も変えずに応えた。

ディーティエひとりくらいにバレるのは問題ではない。口止めも自分の仕事だ。

「……。頼もしい限りだ」

ハーレンスが苦笑するのを感じながら、ラゼはフィールドまで転移を済ませた。

◆

転移してきたハーレンスが連れてきた少女に、その場にいた大人たちの視線が集中する。

その女子学生は、つい先ほど魔物の被害に遭った被害者で。

事情を聴くためにハーレンスが連れてきたのだと理解するが、精神的な負担になるのではないかと思われた。

「彼女は？」

待っていた副団長のハインが、ハーレンスに確認を取る。

その顔には「どうして生徒を連れてきた？」と書いてあった。初めて顔を合わせた軍人たちと同じ、怪訝と猜疑《さいぎ》を含むあの顔だ。

「魔物の専門家だよ。こちらは気にしないで持ち場についてくれれば問題ない」

「それはどういう……」

ハインは赤い目を細めて、ラゼに目線を移した。

「お疲れ様です」

目が合った彼女の第一声は、形式ばった硬い声色で。

学生がする挨拶にしては、ほんの少しも笑わない、まるで訓練された者のそれに、ハインの脳裏ではためらうことなく魔物を狩ったラゼの姿がリピートされた。

「現場はそのままにしてある」

「そうですね。とりあえず、あのタコは回収して、あの巨体の中を確認します」

どうやら様子がおかしいと大人たちが気が付くまでに、そう時間はかからなかった。

気が付いたときには、彼女はすでに問題があった大きな檻の中。

床に突き刺したままのナイフを躊躇なく引き抜き、転移魔法によって取り寄せ、宙から現れた瓶に死骸を触れずに入れてしまう。

「先生、サンプルいります？　いらなければ、知り合いの研究者に送るんですが」

何食わぬ顔をして、檻から出てきた彼女と対面することになったディーティエは怪訝な顔だ。

「いるけど。お前……」

「私から伝えておくよ。時間も限られているからね」

説明はハーレンスに任せて、ラゼは再び踵《きびす》を返す。

「彼女はラゼ・シェス・オーファン中佐。今は素性を隠して学園に潜入している。このことは内密に頼む」

その場は沈黙に支配される。

何を言われているか、すぐに情報を飲み込めた者はいなかった。

「――は？」

ディーティエはポカンと口を開け、ハインは目を見開く。

「中佐……？」

本気で何を言っているのかわからないと、ディーティエの表情が訴える。

「もしかすると、『狼牙』と言ったほうがわかりやすいかな？」

「？」

情報を追加されても、ますますわからなくなるばかりだ。

「魔物討伐の成績ナンバーワンの実力者だ。この場の処理については、一番詳しい彼女に任せる」

ハーレンスは彼女ほどの適任はいないんだと言うと、苦笑した。

「信じられないかい？　実は私も未《いま》だに混乱することがある。真偽を試したければ、一戦申し込んでみるといいかもしれないな」

彼はそう言ってハインを見た。

「あれが、この国最強と言われている軍人……？」

ラゼが彼を知っているように、ハインもまた彼女の存在を知っていた。

生きて『狼牙』の称号を得た軍のエース。

情報は秘匿とされており、その人物の容姿は噂だけが頼り。たくましい漢《おとこ》を想像していた彼にとって、ラゼの姿は想像の正反対。

この国の皇族が吐くにしては笑えない冗談で、ハインは茫然と小さな背中を見つめる。

魔物を漁り慣れていることは異様だが、戦闘においてそこまでの実力を持っているようには見えない。ハインからすれば、自分の上司――騎士団長の方が優れているように思えた。

「疑うつもりはもちろんないが、彼女のことは重要機密なんだ。後で言葉を縛らせてもらう」

ハーレンスはその場にいた大人たちに、軍人のラゼに関する情報が漏れないように特殊な魔法をかける。

ラゼが陰で働いていることは、今までもこれからも、学生たちに明かされることはない。

「終わりました。もう寄生の問題はありませんが、今後の授業は、遠くから観察する程度に収めておくのが無難かと」

「ご苦労。そうだな。ありがとう」

確認を終えたラゼが戻ってきて、話がまとまる。

「……何か？」

その間ずっとラゼを見つめていたハインに、彼女は首を傾げた。

「もし、都合が許すなら、ひとつ手合わせしないか」

ハーレンスの言葉が冗談半分だったとわかっていても、ハインはどうしても確かめたかった。

ラゼはちらりとハーレンスの顔色を窺う。

「何、心配しなくてもこの勝負の結果については他言無用だ」

それを聞いて安心したのか、ラゼの表情が少しだけ緩む。

「私で良ければ、お相手をさせていただきます」

慎ましくそう応えた彼女の目は、ギラギラと輝いていた。

久しぶりに手練れと勝負することができることに、ラゼは高ぶる。

「じゃあ、監督は私がするから、実戦演習が終わった後に時間を取ろう」

「ありがとうございます」

ハーレンスがにこやかに予定を決めてくれる。

騎士団と軍のエース対決に、どうやら彼も乗り気らしい――。

◆

ラゼが現場の検証を行っている頃。

「フォリアさん」

アディスとフォリアは教室に戻ると、カーナがすぐに駆けつけてくる。

「ラゼちゃんは無事です。メリル先生にちゃんと看てもらって、大丈夫だと言ってましたよ。今は理事長先生とお話ししてるかと」

「そう、もう身体は大丈夫なのね……よかった」

カーナはフォリアの話を聞いて、ほっと力を抜いた。

「この授業が終わるまで、自習時間になっているわ。寮で休んでもいいとヒューガン先生がおっしゃっていたけれど、ふたりは平気？」

彼女は今どうなっているか説明する。

教室にいる生徒の数が少ないところを見ると、カーナはフォリアたちが戻ってくるのを待っていたことがわかった。服を着替えるついでに皆、寮に戻ったのかもしれない。

「カーナ様はどうされますか？」

「わたくしも、時間もかなりあまっているし、ちょっと考えたいことがあるから一度寮に戻ろうと思っていたところよ」

「じゃあ、ご一緒させてください」

女子ふたりは寮に戻ることになり、フォリアと共に教室に戻ってきたアディスへ視線が向けられた。

「アディス様はどうされますか？」

「……俺も、少し外で気分転換しようかな……。また後で」

アディスはカーナに応えると、すぐに踵を返してふたりより先に教室を出て行く。

「いつもより元気ないですね、アディス様。やっぱりラゼちゃんが怪我したこと、気にしているんでしょうか」

「そうね……」

カーナは物言いたげな瞳で、アディスの背中を見送った。

アディスがひとりで向かった先は、誰もいない裏山。

いつか女子たちからダンスの相手を頼まれて、断り辛《づら》くなったときに逃げてきた場所。

いい場所を見つけたと思ったら、ひとりで呑気にピクニックをしているラゼがいて驚いたのも数ヶ月前の話になる。

彼はその時の場所と同じところに座り込んだ。

――もし、彼女があの時、自分をかばって死んでいたら。

そう考えると、手が震えてくる。

「また、何もできなかった」

地面に向けて吐き出すように、アディスは独り言ちた。

目を閉じれば、幼い時の記憶が鮮明に蘇る。

自分をかばって、前に出た黒服の彼が倒れていった姿は、今でも夢に見る。

十年ほど昔の話だ。

アディスを守るために、身を犠牲にして死んだ者たちがいた。

当時、アディスの母親バネッサが生まれ育った国の王――言い換えるとバネッサの父が崩御し、次期国王の座を狙って争いが起きた。

バネッサは既にシアン皇国に嫁いで、宰相のウェルラインと結ばれていたわけだが、ふたりの間に生まれたアディスにも継承する権利があったため、その争いに巻き込まれてしまったのだ。

バネッサには腹違いの兄弟がいたが、方針の違いで彼らはぶつかることもあり、それならば幼いアディスを王に置いて政治についてはふたりで話し合うべきだ。などという意見が出始めたせいで、それをよく思わない派閥に命を狙われた。

アディスもまだ幼かったが、自分の命が危ないことは本能で察知していた。

しかし、弱冠五歳の彼に何ができよう。

毒を飲んでしまったメイド。刺客から守るために死んだ執事。

自分の傍にいてくれた使用人たちが、簡単に死んでいった。

もしかすると、知らないだけでもっと沢山の人が犠牲になっていたのかもしれない。

もう二度と、あんな争いに巻き込まれるのは嫌だった。

人と争うのは嫌いだ。最初からできる限り、争わない道を選ぼう。

自分のために誰かが傷つくのは嫌いだ。自分の身は自分で守れるようになろう。

彼は早く強くなりたかった――。

「今のままじゃ、ダメだ……」

父親の反対でセントリオールに入学することになったが、大会か定期考査で一番を取ることができれば退学してもいいという条件が出されている。

もうすぐやってくる夏の大会で自分の実力を披露できれば、騎士団からスカウトがもらえるかもしれないという淡い期待が頭の隅にあった。自分の能力を過信していたのだ。

今回の件だって、ルベンにはああ言ったものの、ラゼがひとりであのバケモノを捌くことになったのはきっかけに過ぎなかった。騎士たちの前で自分がたとえ魔物相手でも戦力になることをアピールできれば、彼らの印象に少しでも残るだろうという下心で手をあげた。

しかし、そんな小細工なんてしている場合ではなかったのだ。それでは遅い。

もっと自主練習を増やして、今この瞬間も色んな知識を蓄えなければ。

自分がこの学園にいるうちに、また今回のようなことがあったときには対応できるようにしなくてはならない。

兎にも角にも、今以上に努力しなければいけないと、彼は自分に言い聞かせた。

何も反応できなかった自分をかばって、魔物にトドメを刺したラゼを思う。

特待生である彼女を越えられなければ、きっと学園を辞めることは難しい。

やりたいことを優先して学園を辞めてもいいと笑う彼女は、自分のはるか先を見ている気がした。

貴族の学校と揶揄されることもあるこの学園に入ってきた庶民。

彼女が自分の身の危険を顧みずに友人を助けることを、アディスはよく思っていなかった。

魔物から石を取ろうとした先ほどの授業だって、結局ラゼは引き受けてしまうから、アディスも立候補するかと決めた。

それが、まさか自分がかばわれる側になるとは思ってもみなかったのだが。

「…………」

アディスは小さく息を吐く。

冷静になって考えれば、助けてもらっておきながら礼も言っていなかった。

それどころか、自分勝手に怒ってしまったのだから、どんな顔をして彼女に会えばいいのかわからない。

次の授業が始まるまで、時間がある。

アディスはその場で筋トレや魔法の練習に励み、もやもやする思考を紛らわせた。

それからしばらくすると、森の方から人の気配がする。

彼はじっとそちらを見つめた。

「あ。もしかしてと思ったんですけど、やっぱりここにいたんですか」

「……特待生。なんで……？」

すると、ひょっこり現れたのが、つい先ほど考えていた少女だから、アディスは動きを止める。

どうしてこんなところに彼女が今やってきたのか、アディスにはわからない。

「さっきの事件でいつもと違って怖い顔してたので、様子を見に来てみただけですよ」

肩で汗を拭い、彼はラゼと対面する。

「安静にしてなくていいの？」

「はい。もう、どこも異常はないですから」

彼女はそう言うと、転移魔法を使って飲み物を取り出す。

「よかったら、どうぞ。結構元気有り余ってるみたいですね」

ラゼは冗談混じりに笑った。

あんなことがあった後なのに、彼女はいつも通り。

「ありがと……」

アディスはなんと切り出せばいいのか言葉に詰まる。

「気にしないでくださいね」

そんなアディスの心境を察して、ラゼは軽くそう言った。

「事故ですし。誰が悪いとか、そういうことは何もないので」

あっさりこういうことが言えてしまうところが、彼女らしい。

「君が気にしなくても、俺は気にするんだよ……」

お世辞でもなく心の底から思っていることをラゼが言っているとわかるので、アディスからも本音が溢れた。

「さっきはありがとう。怒鳴って悪かった」

「別にいいですよ。気にしてませんから」

それはそれでどうなんだと思うものの、飲み物まで渡されて気遣われているのは自分の方。

この前もここでお菓子やら何やらをもらったなと、アディスは視線を落とす。

「……傷、残るって？」

「まあ、黒傷を消す方法が見つかるまでは、そうですね。見えなくすることはできるので、特に支障はないです」

「そっか……。ごめん」

いつもより明らかに沈んだ声に、ラゼがピクリと肩を震わす。

「あの、本当に大丈夫なので、責任とか考えないでくださいね？　魔法を使わないで手を先に出しちゃった私が悪いんですから」

バルーダにいると、無傷で敵を倒すことの方が珍しい。かすり傷も同然なので、ラゼにとってはそんなに落ち込まれると心が痛い。

それに、いつもの余裕な表情を彼のお父様と重ねていたので、対応に戸惑う……。

「君が悪いことは何もない。俺が反応できていたらよかっただけの話だから。……でも。次、もし似たようなことがあったら、俺をかばうようなことはしないで欲しい」

「…………」

懇願するようなアディスの瞳に、ラゼは言葉が出てこなかった。

わかりましたと、嘘を吐けばいいのに。答えに迷う。

「……もし、次があったら……」

ラゼはそう言葉を濁すしかなかった。

受け取ったボトルを捻り、アディスはそれを飲む。

「渡しておいて何ですが、ザース様、もらった食べ物には気をつけたほうがいいんじゃないですか？」

「今更の話だね、それ」

ラゼの指摘にアディスは苦笑する。

「ある程度の薬には耐性あるよ。一応、貰い物には気をつけてるし」

「あッ！　そういえばさっきの毒抜きの話、びっくりしました。ザース様もなかなか刺激的な経験をされてるんですね」

「それなりにはね。騎士になるために、一時期ずっとダンジョン潜ってた」

初めて聞く話に、ラゼが目を丸くする。

「え。それ、ちゃんとご両親に許可もらってるんですか？」

「気にするところ、そこ？」

予想とは違う質問が返ってきて、アディスは突っ込まずにはいられなかった。

何故そこで親の話になるんだと、自分には思いつかない話題展開が面白くなってしまう。

「やっぱり、君って変わってるよね」

「そんなことはない……と、個人的には思ってます」

これを言われるのは二度目だからか神妙に応えるラゼに、笑いが溢れた。

「何故か、君が俺に何か盛るとは全く思えないんだよな」

「それはそうですね。そんなことしたら、学園にいられませんよ」

ラゼはもちろん、至って真面目な回答だ。

学園どころか、この国とおさらば展開である。

言いたいことは言えないが、いつものような挑発的な様子が戻ってきたアディスに、彼女は安心する。

「助けてもらった借りはちゃんと返すよ」

「律儀ですね。お返しは東の国で流行っている期間限定の丸ごとメロンを使ったケーキでいいですよ」

にこりと、ラゼは笑う。もちろん本当にもらえるとは思っていない。言うだけはただだ。

「それはまた別にね。いろいろもらってるし」

（おっと……？）

想定外に、手ごたえのよい返事に彼女は瞬《まばた》きをひとつ。

自分のために何かもらえるのはとても嬉しいが、こちらが守って当然な護衛対象にねだってしまう形はよろしくない。

こんな恵まれた現場で、学費を免除されることに加え、軍から給料まで出ている。もう十二分にもらうものはもらっているので、自分で買えばよい話だ。

「その気持ちだけで十分です。ありがとうございます」

ラゼはそう付け加えた。

「礼を言うのは俺の方なはずなんだけど……？」

アディスが肩を竦めると、授業の終わりを告げる鐘が鳴る。

「もう時間みたいですね、行きましょうか。次の授業はいつも通りですよね？」

「うん」

ふたりは他愛もない話をしながら、裏山を後にした。

その様子は、この大陸にいてはいけないはずの生物に襲われた後とは思えないような雰囲気で。

ラゼの笑みに、異常は日常にすぐ溶け込んでいく。


そして、魔物混入事件が起こった次の日。

ラゼの尽力で他の異常がないことが確認され、予定通り二年生の実戦演習が行われた。

闘技場のフィールドには魔法で造られた洞窟が用意され、そこには本物の害獣が放たれる。

訓練とはいえ、かなり実戦に近い演習を一年生は安全な観客席で見学することになったのだが。

(私、この後あの人と戦うんだよな)

ラゼの注目は騎士団副団長殿に向けられる。

彼女はこの訓練が終わって、会場の片付けをした後の夜、ハインと手合わせすることになっていた。

先輩方を軽く補助する彼を見ながら、訓練の行方を見守る。

洞窟の出口を一か所に固め、その前には落とし穴を掘り、戦力がある人材を固めて駆除。

効率的でいい狩り方をしている。

(バルーダでもあんな感じに、罠を張って簡単に狩れればいいのに)

人間が狩られる側の生態系なので、罠を作っている暇もないし、引きどころを間違えれば量で圧倒されてしまう。洞窟の中だけ気にすればよいという環境はなかなかないので、立てた作戦がちゃんと生きていて羨《うらや》ましいくらいだ。

魔物を相手すると、こちらが何もしなくてもどこからともなく襲い掛かってくるので、反射で斬る。そんな訳なので、作戦は毎回、「襲ってくる奴を倒す」以上。脳筋と言われても仕方ないし、自覚もある。

「もうそろそろ終わりそうだな」

「そうですね」

近くの席に座っていたルベンにクロードが頷いた。

少しのブレはあるが、作戦は無事に成功のようだ。

「もう終わるよ」

ラゼは隣で、顔を伏せ、余裕なく縮こまっていたフォリアに声をかける。

「そ、そっか……。わかった。ありがとう、ラゼちゃん」

フォリアはこくこく首を縦に振った。

「今日はこの後の授業はないから、ゆっくりお茶でもしましょう」

彼女を励ますように、カーナもそう言って微笑む。

頑張って見学に参加したフォリアを励ます会だ。

それももちろん嬉しいのだが、今夜は自分が戦う番。

ラゼはうずうずしながら、二年生の訓練を見届けた。

そして夜。

始まるのは、騎士団と軍のエース対決。

場所はセントリオール皇立魔法学園の闘技場。

ラゼはナイフを。ハインは剣を構える。

ルールは簡単。相手に参りましたと言わせれば勝ちだ。

ラゼはナイフを馴染ませるように、軽く手の上で回す。いつも使っているものより軽いが、悪くはない。問題ないだろう。

珍しく騎士を相手に戦うのだ。すぐに終わらせてしまうのはもったいない。

日頃、花形の騎士たちと比べられて悲しい思いをしている部下たちのためにも、ここはひとつ爪痕を残さねばならないだろう。

何より、ラゼにも一応『狼牙』という称号を持つものとしての矜持《きょうじ》がある。

勝利するのは大前提であり、いかにして勝つかを彼女は考えていた。

「準備はいいかな」

審判を買って出たハーレンスに、ふたりは頷く。

「では。始め」

彼の合図で試合が始まる。

対人の戦闘においては、ナイフを使うことがほとんどのラゼが、まず先手を打つ。

持ち味である移動の素早さを生かし、ハインの懐目掛けてナイフを突き出した。

ハインは構えた剣を振るうことはせずに、極わずかな動きでそれを避ける。

(ま。そうですよね)

一撃目を外した彼女はすぐに次の攻撃を仕掛け、ハインの剣とナイフが接触した。

ハインが反撃してくるのに合わせて、ラゼもそれを避ける。

長剣を操る彼からすると、ラゼの間合いはかなり近い。普段、騎士団で訓練するときは長剣が多いのと、身体が小さな相手は若干のやりにくさがあった。

しかし、リーチの有利はハインにあることには変わりない。

彼は、剣に氷をまとわせ、大技でラゼを振り払う。

ラゼは、特に動じることもなく距離を詰め直しにかかった。試合開始直後と同じタイミングでは負ける。ハインから放たれる氷魔法を避けながら、リズムをずらしてナイフを置きに行く。

しばらく互角の打ち合いが続いたが、戦況が変わったのは一瞬のことだった。

(そろそろ決着つけないとな)

対人の試合は嫌いじゃないが、ラゼにとってこれはお遊びでしかない。

もしこれが本番であれば、まともに打ち合うことなどしないで、さっさと移動魔法で勝負をつける。

戦闘面における彼女のポリシーは、先手必勝、一撃必殺なのだ。

それは、他国から「首切りの亡霊」なんて呼ばれていることが証明している。

この試合が始まる前から、彼女はハインに譲歩していた。初見殺しの振る舞いをして、止められる

か見ても良かったが、それでハインが負けるのは騎士サマたちの目が怖い。

大体彼の実力は、五三七大隊筆頭戦闘狂のハルル・ディカード中尉と同じくらいだとわかったし、もうそろそろ終わっても問題ないだろう。

ラゼはちらりと闘技場の掲示板に浮かぶ時間を確認した。

その隙をハインは逃すことなく、斬りかかって来るので、ラゼは体勢を崩しながらもそれを避ける。

彼女の後退の仕方では、次の攻撃は遅れが出る。――ハインが決着を付けようと、握った剣に力を込めたときだった。

「は？」

彼は目の前の出来事に、理解が追い付かずに声がこぼれる。

どう考えても地面に倒れるはずだったラゼの身体が、この世の理《ことわり》を無視して起き上がり、ナイフが急所に置かれていた。

「……どうしますか？」

彼女に問われてしまえば、ハインは剣を収めるしかなかった。

「今のは……」

負けを認めた後、彼は信じられないものを見る目でラゼを見る。

「私の得意型は移動系統の魔法です。今のは自分の身体の位置を、移動させただけですね。プライベートな座標で位置を定めることができるので、結構なんでもできます」

ラゼは自分を中心にした座標を持ち、身体の位置をその点に移動させるという言葉遊びのような方法で、魔法を応用させている。力の向きなどガン無視だが、魔法のある世界だから説明できなくても仕方ないなんて割り切っている。

「こんな感じです」

いまいちピンと来ていないハインに、彼女は握ったナイフを地面に向けて手を離す。

そのままであればナイフは地面に刺さるはずだが、魔法を使ってラゼがナイフの位置を変えると、それは彼女の顔の前に現れた。ただ、空中に置いた場合は重力が働くのでナイフは落下を始める。

ラゼは素早くナイフを掴んだ。彼女は平然としているが、その反射速度もなかなかのものである。

「手合わせ、ありがとうございました」

ラゼはナイフをしまうと、ぺこりと頭を下げた。

未知数すぎる彼女の力量に、ハインは勝負に負けたことに関して悔しさすら抱けない自分に、内心驚いていた。もしかするとあと何回か試合をすれば勝ててしまうのではないかという隙が、逆に強者の余裕にも見えてくる。戦う舞台が違う。純粋にそう思った。

「いえ。こちらこそ、ありがとうございました」

ハインは改めてラゼに礼を言う。彼女が自分にはない強さを持っていることは明らかで、それは自分が相手を敬うに十分値する。

「順番が逆になってしまいましたが、騎士団第三副団長のギルベルト・エン・ハインです。またお会いする機会がありましたら、よろしくお願いします」

彼の瞳はまっすぐラゼに向けられる。

「シアン皇国軍中佐ラゼ・シェス・オーファンと申します。任務中の身ですので、このような形の挨拶になってしまい申し訳ありません。皇国の未来のために、協力できることがあればお声がけください」

初めて言葉を交わした時から、この害獣を連想する赤い瞳を嫌がるような素振りを全く見せなかったラゼ。

ハインはこの仕事を引き受けてよかったと、この時思った。

彼女は学生として寮に戻り、何事もなかったかのように日常は再開する。

2 勉強会

特別イベントが果たして本当にスルーされたのか、その真偽を確かめる術《すべ》もなく時は流れた。

「はい。統治学のテスト範囲はあと二十ページ分な。試験ギリギリに範囲終わるから、予習しっかりしとくように」

授業終了間近、教師に言われた範囲を教科書にマークする。

嬉しい嬉しい初めての長期休暇を前にして、待っているのは定期考査。

学業が本業の学生たちにとって、ドキドキの試験がもう少しで始まる。

この学園では全ての教科の合計点が高い上位十名は、大廊下に貼り出されることになっている。

(特待生だからなぁ。低い点は取れないな……)

狙って特待生になったわけではないのだが、入学費やら授業料もろもろ免除されるという特典があるので、庶民を偽っている身としては頑張って上位を狙わなければならないはずだ。

(十位か。一位取るつもりで頑張らないと)

優秀な学生が多いセントリオールだ。油断はできない。あまり悪い成績を取ると、色んな意味で自分の立場が危うい。

ラゼは荷物をまとめて教室の前に出る。

「ラゼちゃん。今日も研究室？」

「うん。ディーティエ先生に呼ばれてて」

「忙しいね。夜は一緒にご飯食べよう？　部屋で待ってるね」

「ありがと！」

この後どうするか聞きに待ってくれていたフォリアに伝えると、教員たちの領域である時の塔に向かった。

校舎や学生寮とは違って、洗練された雰囲気の塔には、ここで働く大人たちのプライベートが詰まっている。ディーティエから許可証をもらっている彼女は、若干自分が浮いているのを気にしながら、そそくさと彼の研究室の扉を叩く。

「グラノーリで――」

「来たか！　ちょ、早くコレ見てくれよ！」

名乗るよりも早く、扉が開かれディーティエが顔を出した。

「どう思う。中佐殿」

「……先生、その呼び方はちょっと……」

自分の正体がバレてからというもの、彼女はディーティエの研究に本格的に付き合わされるようになっていた。

「確認だろ。確認。この呼び方をおれができるのは、知られてもいい奴しか周りにいないってことなんだから」

「そうですけど……」

ラゼが軍人だという情報を部外者に話せないよう、ハーレンスが魔法で縛りをつけている。

ただ、自分にはそれをしゃべることができるからと、中佐殿と呼ばれるのは不本意である。

せっかく軍から離れた身分でやっているのに、教師に軍人扱いされるのは複雑なのだ。

しかしそれは、教え子が軍人だったディーティエも同じことが言えるので、ラゼは仕方ないかと諦める。

到着早々、用意された顕微鏡を覗き込み、横に置かれた資料にも目を通す。

「バルーダに生えてる植物と、オルディアナの植物を掛け合わせて効能をあげる研究ですよね。これは、掛け合わせた後のものですか？　カナカズラとは造りが違うので新種に見えますが？」

「正解。やっと上手くいったんだが、成功したのがこれしかなくてな」

じぃっと、男の目が自分に向けられる。

ラゼは嫌な予感がした。

「あ～。そろそろ定期考査で勉強忙しくなるなぁ～」

視線から逃れるように、彼女は話題を変えようと試みる。

「試験終わったら、休みだよな」

「特待生だから、しっかり勉強しないと。これからはあまり研究室来られないかもしれないです」

「それは構わないさ。——で、中佐殿は長期休みに軍に戻るのかな？」

白衣を着た教師に尋問されて、ラゼは知人の研究者を思い出す。

（どうして私の周りにいる研究者は、こうも粘着質な人間が多いんだろ……？　研究者だからか……）

頬を引きつらせ、目を合わせないようにしていた彼をそっと窺《うかが》う。

「頼む。中佐殿。新鮮で状態ばっちりなカナカズラをおれに回してくれ」

案の定、視線がぶつかった瞬間、ディーティエは手を合わせて頼み込んできた。

「……私、そんなに暇ではないのですが……」

自分にしかできない仕事があるせいで、長期休暇期間は忙しい。休みなのに休めないという皮肉なことになっている。

「この通りだ。サンプルくれたら、しばらく研究室に顔出せなくてもいいから……」

「それはそれで、ひどいですけど？」

なんだその引き換えになりそうでならない条件は。

ラゼは眉根を寄せる。

「頼むよ……。おれには他にいい伝手《つて》がないんだ。あわれな引きこもり研究者を救うと思ってここはひとつ……。あ！」

ディーティエが何か思いついたようで、顔をパッとあげた。

「そういえばおれのダチが、高級ホテルのスイーツ取り寄せのパンフレットくれたんだよな」

確かフルーツをふんだんに使ったスイーツがたくさん並んでたなと、彼は記憶を巡らせ、ちらりとラゼを見る。

「先生……。――それで？　魔物はどれくらい必要ですか？」

折れたのは、一瞬だった。


「――ま。これだけ頼んどいてなんだが、本当に忙しいなら、無理しなくてもいいぞ」

必要としている魔物について書き上げたディーティエが、紙を渡して言う。

「時間がなければ部下も頼るので平気ですよ」

そこの気遣いは一応してくれるのかと、ラゼは苦笑する。

「長期休みといえば星祭りがあるが、やっぱり参加しないのか？」

「任務がなければ、毎年飲み会開いてます。仕事次第ですね。いつも美味《おい》しいお店を貸切らせてもらってますが、今年はまだ何も準備してません」

祭りと言えば、部下たちとワイワイするのがラゼの過ごし方だ。

使いどころがないお金は、こういう時に使う。ラゼも歳《とし》が歳なので、最初のころは奢りにすると遠慮されていたが、最近では元気にお礼を言われる。その分、何かをもらうことも多くなった気がするが。

「飲み会……」

ラゼのリアルな軍人生活を感じ取ったディーティエは、改めて彼女に違和感を覚える。

「まあ、その、今年はダチもいるだろ？　学生たちは大抵仲良くなった奴と遊びに行くぞ？　デートとか。宰相の息子はいいのか？」

狐につままれたような気持ちになりながら、彼は本来言おうとしていたところを口にした。

「えッ⁉」

ラゼは思わぬ方向からアディスのことが話題になって、ぎょっとする。

「なんでそこでザース様の話になるんですか？」

何をどう解釈すれば、そんな話になってしまうのか。本当に訳がわからなくて困惑しているのが見て取れたのだろう。

「いや、だって。この間の授業で魔物から魔石を取るように言った時、おまえを指定したからザースが手をあげたんじゃないのか？　事件があった後も、ちゃんと医務室まで送ってたし、仲がいいのかと」

「あれは彼の通常運転ですよ。誰にでもあんな感じで、いつも周りに気を遣ってます」

「へぇ……？　そうなのか？　まあ、おれにはよくわからないから、グラノーリがそう言うならそうなのかもな」

ふむ、と。それでディーティエは納得したようだ。

ラゼは変に焦らされて、小さく安堵のため息を吐《っ》く。

アディスの株上げに利用されるのは一向に構わないが、特別仲が良いような誤解はされたくない。

『聞いた？　あのアイドルグループのファンクラブ、揉めたらしいよ』

『古参と新規のファンでバチバチだったらしいね～。アイドルも自分とは関係ないところでそんなことになっててかわいそ』

ラゼの脳裏に、前世で見たと思われる記憶が流れ込んでくる。

（そうだ。私はむさ苦しい軍の中でしばらく無縁だったけど、女の闘いは恐ろしいんだ……）

下手すれば「青の貴公子」のファンに袋叩きにされてしまう。本当に恐ろしい。

巻き込まれた時を想像して、ぶるりと身体《からだ》が震える。誰もが納得せざるを得ない相手がいるルベンと違って、特定の彼女がいないフリーのアディスだからこそ、一部ファンの熱量には怖いところがある。今のところアディスは、一年生の間ではトップを争う優良物件クンなのだ。

建前では、優秀な学歴のためにセントリオールに入学したと言っていても、その裏では結婚相手を探しにこの学園に入ったお嬢様は絶対にいると、自信をもって断言できる。

乙女ゲームのイベントの印象で麻痺しがちだが、この学園がそもそも社交界を意識している。新入生歓迎会でわざわざドレスアップ。皇子の誕生日といえど、ホールを貸切ってパーティーを開くことが許されるものなのか、普通。

そういったイベントに参加している生徒たちの目的は、気になる人と交流を深めること。恋愛しやすい環境になっているのだ、この学園自体が。

だから、護衛を目的としているラゼにとって、その空気感が微妙に肌に合わない。

「まあ、せっかく学生やってるんだ。少しは楽しめるといいいな」

「そうですね……。今年は仕事の空いた時間に顔を出せればいいくらいには忙しそうなので、誰かと約束はできないかな……」

自分にしかできないなんて言われている任務があるせいで、軍を空けた間のスケジュールはすでにいっぱいに埋まっている。

「流石《さすが》『狼牙《ろうが》』、多忙だな。ここで学生してた方が楽なんじゃないか？」

「実はそうなんですよね」

常々思っていることを指摘され、ラゼは苦笑する。

「学生たちに自分の正体、バラすつもりはないんだろ？」

ディーティエには、事件の後処理を黙々と終わらせていったラゼの姿が浮かぶ。

「本当は、先生方にもバラすつもりはなかったんですよ。私はただの生徒としてこの学園に通うことが求められているので」

本当はディーティエに自分のことを知られるのも、あまり褒められたことではなかった。

諜報活動をこなしてきた彼女からすると、先日の事件は減点対象だ。

自分が特別に何かできることが少ないからこそ、ミスは忘れない。

ラゼの言葉に、軍人としてのプライドを察したディーティエ。

「そうか。じゃあ、おれはついてたってわけだ」

「ついてる？」

ラゼはきょとんとした。

「一緒にいい研究成果を出そうじゃないか、優秀な教え子よ」

にやりと笑う彼に、ラゼは小さく笑った。

「そう言ってもらえるのは光栄ですが、しばらく試験勉強に専念するので。お先に失礼します」

「え。これから論文の考察しようと思ってたんだが？」

「すみません。天使を待たせているので」

フォリアが自分の帰りを待っている。こればかりは譲れない。

「そうか。天使を待たせてるとあれば仕方――って、ちょ、訳わかんないこと言って誤魔化すな！」

「はい？　フォリアは天使ですが⁇」

「………………」

ラゼの目がマジの奴だったので、ディーティエは押し黙る。

きっぱり断って、ラゼは研究室を去っていく。

「あの歳で軍人やってるあいつも、変わり者ってことか……」

残されたディーティエの呟きは、静かに消えていった。


「おかえり！」

「ただいま。お腹空いたよね。ごめん」

部屋の扉を開ければ、必ずフォリアがおかえりと声をかけてくれる。

「平気だよ。そうだ。数学でわからない問題があるんだけど、ご飯食べた後に聞いてもいい？」

「いいよ～」

自分の机に鞄を置いて、教科書を明日使うものと入れ替えるのと一緒に、先ほどディーティエに渡された紙も引き出しにしまう。

この部屋にある自分に与えられた家具にはほとんどマーキングがしてある。移動の魔法は位置を決めることが大前提で使用されるので、飛んだり飛ばしたりできるようにしておくのだ。

一見フォリアと同じものを使っているように見えても、ラゼが見られたくない資料を引き出しに入れると、それは全く異なる場所に隠されている。

（あとで手紙書かないと。仕事増やしちゃって、ボナールト大尉には悪いなぁ）

休みになったらスムーズに任務をこなせるように準備しておこうと、ラゼは思う。

「行こっか」

「うん！」

学生になった今では誰かと一緒に食堂に行くのが当たり前とは、なかなか感慨深いところがある。

さっきはディーティエに驚かれるまで、飲み会やら宴会の準備をすることが驚かれるようなことだとは全く気がついていなかった。大人に混じっていると、それが普通の生活だった。

訓練兵時代や諜報部にいたころを振り返ってみれば、自分から誰かを誘って食堂に行くようなことはかなり少なかった。ぼっち飯を決めこんでいた時期を思うと、我ながら可哀想なものである。

大人の方が少ない、同年代の子どもたちが集まる空間に慣れてきたが、そう考えてみるとやはりここは恵まれている。

食べたいものを好きに選んで、ふたりは席についた。

「テスト、心配だなぁ……」

リゾットを食べながらフォリアが不安そうに呟く。

「公式とか基本を押さえておけば何とかなるよ」

「それがたくさんあって大変なんだよ～。どれを使えばいいかわからなくなっちゃう」

嘆くフォリアに、ラゼは肩を竦める。

これぱかりは自分で頑張って理解し覚えてもらうしかない。フォリアもこの学園に入るだけの学力があるのだから、コツを掴めばすぐに解けるようになるだろう。

「うぅ。ラゼちゃん、もしよかったらお勉強教えて欲しいな……。わからないところがあり過ぎて、このままだと大変なことになっちゃいそう……」

天使の悩みを見て見ぬふりする訳にはいかない。

「私で良ければ教えるよ」

「本当？　ラゼちゃんの説明、すごくわかりやすいから、嬉しい！」

フォリアは安堵の笑みをこぼす。

「自分でわかってても人に教えるのは難しいから、すごいなぁって思ってたんだ」

教会にいたときは、年下のきょうだいたちに勉強を教えるのが大変だったと言うフォリア。

ラゼは視線を落としてスープを掬う。

「弟に勉強教えてたから。そのせいかな」

今日は冷製スープにした。ラゼはそう言った後に、ぱくりとスプーンを口に運ぶ。

「本当は弟をセントリオールに入れてあげたかったんだけど。叶えてあげられなかった分、せめていいとこ見せられるように勉強頑張りたいんだよね」

それまで誰にも言ったことがなかったことが、自分でも驚くくらいすんなり声になった。

自分で自分に困惑し、ハッとする。

「そうなんだ……。だから、ラゼちゃんは頑張ってるんだね」

視線が合ったフォリアに優しく微笑《ほほえ》まれるから、ラゼはゆっくり目を逸らした。

気が緩んでいたのだろうか……？

家族の話は、付き合いの長い部下にすら、滅多に話すことはなかった。

心の奥底に大切にしまい込んでいたはずのことだったから、こんな風に言葉に出てくるとは思っていなかった。

「実は、ラゼちゃんはわたしとは全然違うと思ってたんだ」

「え？」

フォリアが改まって話し出すので、ラゼは小首を傾《かし》ぐ。

「ラゼちゃんは特待生だから、わたしと違って、学びたいことのために頑張ってるのかなと思ってた。

……でも、ラゼちゃんにもかっこいいところを見せたい人がいたんだね」

丁寧に紡がれる彼女の言葉には、ラゼを傷つけないようにする優しさが詰まっていた。

そんな彼女の無垢な瞳が、今は少しだけ刺さる。

「――そんなかっこいい理由じゃないんだけどね……」

本当は、学ぶことが純粋に好きだった弟ではなく、任務で入学することが決まってしまった自分が後ろめたかった。それでも、入学してしまったからには、彼に恥じないような姉でいたかったのだ。

「こんな恵まれたところに入れたからには、頑張らないと。怒られちゃうよ」

任務だから。特待生だから。……理由を付けようと思えば、いくらでもそれっぽいものは出てくるが、私情を挟むと情けないものである。

「お姉ちゃんだねぇ」

「……うん。弟のこと大好きだからね。嫌われないように、次のテストも頑張るよ」

案外、頑張る理由なんて単純だ。

せめて真剣に勉強するのが、彼女なりの誠意である。

「あ、そうだ！」

「ん？」

「勉強会しようよ！　カーナ様も誘って！」

「！」

「勉強会」というワードに、ラゼの思考が切り替わる。

（――イベントか……）

予言の書を見なくても、どういった出来事が乙女ゲームのイベントに抜擢されるかは嫌でもわかるようになってきた。嬉しくない能力が身についてしまった。

「いいね。後でお願いしてみようか」

「うん！」

何も知らない天使の提案を断ることはしない。

本来ならフォリアと攻略者数人で行われる勉強会だが、ここはカーナ様にも登場願おう。

(交流するためのイベントは簡単に操作できるからな。カーナ様も殿下と一緒にお勉強会したら嬉しいでしょう……。うん)

心の中でひとり頷くと、彼女は食事を再開する。


「いいわね！　みんなで勉強しましょう。テストに出そうなところを共有したいわ」

次の日。教室でカーナに声を掛ければ、すぐに了承してくれる。

「お。なんの話？」

そこに偶然通りかかったのは、赤い髪と、にじみ出る人懐っこさが特徴のイアンだ。

「イアン様。みんなで一緒に試験対策しようって話をしていたんです」

新入生歓迎会の時に彼とダンスを踊っているフォリアが応える。

イアンは貴族なのだがフレンドリーな性格からか、フォリアも自然に接していた。

「え、いいな！　オレもそれ混じっていい？」

彼の表情はわかりやすい。他意のない参加希望に、フォリアがちらりとカーナの顔を見る。

「大丈夫ですよ。もし、イアン様も他に誘いたい方がいらっしゃったら、その方たちも一緒に――」

「あっ、そうだよな！」

カーナの提案に、イアンは何かに気がついたような声を出す。

「ルベン！　一緒に勉強しないかー？」

少し離れた位置からカーナを見守っていたルベンを、彼は呼んだ。

（ドルーア様も、わかってらっしゃる……）

そういう気遣いをするタイプだと思っていなかったのだが、婚約を結んでいるルベンとカーナのセットは意識するみたいだ。

恋愛事に興味がなさそうなイアンが言うからこそ、カップリングが公認されている感じが面白い。

ラゼの口角がほんのり上がる。

「わたしも参加して平気かな？」

イアンに召喚されたルベンは、フォリアとラゼには目もくれず、カーナに確認を取りにかかる。

「はい。もちろん大丈夫ですわ」

カーナは嬉しそうに頷いた。

「他には、そうだな。クロードは薬学得意だし、ルカは魔法力学だろ？　アディスも何でもできるから、オレ誘ってくる！」

真剣にテストで点を取りたいのだろうが、イアンが名前をあげたのはことごとく乙女ゲームの攻略対象者である。

「みんな大丈夫だってさ！」

元気よくイアンに導かれ、勉強会のメンバーが決まった。

（私、行かなくてもいいかな……？）

乙女ゲームのフルメンバーに、流石に気後れするラゼ。

カーナが参加する時点で、このイベントの変更には成功している。

彼女にはルベンもしっかりついていることだし、フォリアはそっとしておいても問題ないだろう。

なんたって、ヒロインに相応《ふさわ》しい子なのだから。

そうなるとやはり、浮いているのは自分だけ。

男子組のことは一方的に知っているが、交流が少ないメンバーの方が多い。

席の近いアディスや、カーナとセットのルベンとは話すこともあるが、他はなんとも言えない。

彼らの出身が豪華すぎるのと、普通に気まずいので、遠慮したくなってきた。フォリアに勉強を教えるのは寮の部屋でも正直できる。

「せっかく人も集まったことだし、部屋借りてみっちりやろうぜ。オレ、寮の部屋借りてくるよ」

やる気満々のイアン。行動が早い。

「それなら、わたくしも調理室を借りて、休憩に食べられるようにお菓子を焼いておこうかしら
……」

「え！」

カーナの呟きを拾ったラゼは目を見開いた。

「カーナ様の手作りですか？」

ラゼの食いつき具合に、カーナは微笑む。ラゼが甘いものに目がないことは、カーナだけでなくフォリアも知っている。

「息抜きにもなるから、お菓子作りは好きなの。簡単なものしか作れないけれど楽しみにしておいて」

先ほどまで考えていた不参加のことは弾け飛び、ラゼの目付きは変わった。

(絶対参加しよう！)

参加賞があまりにも魅力的すぎる。カーナの手作りお菓子なんて、これを逃せば次にいつありつけるかわかったものではない。

「カーナ嬢のお菓子か。わたしも久しぶりに食べたいな」

そこで話に入ってきたルベンに、ラゼの表情がピタッと固まる。

(今、久しぶりにって言ったな？)

どう考えても、マウントを取られた。速やかな牽制《けんせい》はとても鮮やかである。

ラゼは笑顔を崩さないように気を付けながら、相手をこれ以上刺激しないようにそっと気配を消した。


数日後。

休日に寮のフリースペースを午後から貸切り、勉強会が開催される。私服でこうして集まるのは初めてだ。貴族の皆さんの私服は庶民の一張羅レベルの高級品。フォリアとラゼもいるからか、動きやすいからか。シンプルで装飾が少ない服を皆選んでいるようだが、シャツとパンツ、またはスカートは揃いも揃ってブランドものである。当たり前のように家紋の刺繍がワンポイントで施されているのがまた、育ちの良さをお淑やかにアピールしてくる。

座席は長方形の大きな机に、二×四でカーナ、ルベン、ルカ、フォリアと並んだ前にラゼ、アディス、イアン、クロードという配置である。冷静に考えても、場違い感が否《いな》めない。

「この問題は、文章前半部分に解く手がかりがあるよ」

「——あ、もしかしてこの文章ですか」

「正解」

ルベンはカーナにぴったりで勉強を教え。

「すげぇ〜。クレシアスさんのノート、めちゃくちゃわかりやすっ」

「あ、ありがとうございます」

フォリアの方はイアンを中心に話が盛り上がっている。

「オレ、勉強より身体動かす方が好きだから、テスト不安だったんだけど。なんとかなる気がしてきた」

「イアンはひとつつまずくとなかなか次に進めないだけで、理解したらちゃんとできるでしょ」

「え。マジ!? ルカがそう言うならいけるぞ。このテスト！」

「……前向きすぎ……」

ポジティブなイアンにルカは呆れた声色だが、フォリアが小さく笑うのを見て楽しそうだ。

「あれ?」

自己採点の途中だったらしいフォリアは、手元のノートに視線を移して首を傾げた。

「大丈夫そうですか?」

フォリアの前に座って静かに勉強していたクロードが、彼女を気に掛ける。

「う、ん……。この問題が、どうして間違えたのかわからなくて」

「見てもいいですか?」

ちゃんとわからないところも聞けているようだし、フォリアはフォリアで充実していた。

目の前の席で、そこだけ距離感がおかしいルベンとカーナをなるべく視界に入れないようにしているラゼとは大違いである。

「ごめん。生物学の資料集、使ってなかったら借りていい?」

「どうぞ……」

かと思えば、隣には死神閣下と同じ顔があるので心休まることもなく。

(心頭滅却……)

鋼の精神で自分の勉学に励むことになる。気にしたら負けだ。

お菓子目当てで勉強会に参加しているラゼは、ひとり黙々と手を動かしていた。そうして少し時間が経てば、あっという間に自分の世界に入り込み、周りの様子が気にならなくなる。

席の座り方のせいもあるだろうが、誰かに質問されることもなく静かに勉強する彼女のオーラに気がついたメンバーは、目に見えて集中する様子に少しの驚きを感じる。

寮で同室のフォリアや、教室での席が隣のアディス以外は、ラゼが真剣に勉強している姿を意識して見たことなどなかったからだ。

（……持ってくる問題集間違えた）

彼女は自分が一目置かれているとは気がつかずに、忘れた問題集を無言で自分の寮の部屋にある本棚からアポートして、ナチュラルに左手にそれを持つ。

何事もなかったかのように問題集を開くし、もう使い終わって邪魔になってきた教科書類を逆に部屋に送り返すので、一同は目が釘付けだ。

ラゼが移動魔法の使い手だとわかっていなければ、ものが消えたり増えたりする怪奇現象にすら思える光景である。

「――おーい。特待生」

「……なんですか……」

顔の前で右手をひらひら振って、集中していたラゼを止めたのは隣に座っていたアディスだった。

ひどい妨害のされようだと、不機嫌そうに顔をあげた彼女にアディスは言う。

「ちょっと、流石にびっくりするんだけど」

「へ？」

彼の困ったような眉に、ラゼは初めて周りの視線を認識した。

（え。なに？　私、何かやらかした？）

本人は心当たりがないので、自分が何をしたか机の上を見て己を振り返るが、謎は深まるばかり。

「え、えっと……？」

指摘したアディスに答えを求めるしかなかった。

「あれを無自覚でやってたんだ……」

その反応に、少し遠くからルカの驚きの声が聞こえる。

「いきなり俺の隣にあったはずのものが消えたり、増えたりするのは驚くって話。なんの前触れもなくやるから、ちょっと慣れない」

アディスの説明に、ラゼは驚愕の表情に変わった。

「すみません！　気が散りましたよね!?　申し訳ありませんでしたッ」

不覚にも迷惑をかけていたことを知り、彼女はすぐさま謝罪する。

事務作業は軍にいた時から、魔法で移動や運搬の手間を省いていた。まさかその弊害がこのような形で露呈するとは――。

長年これを当たり前のようにやっていたので、何の疑問も持っていなかった。

勉強中に隣で引き出しの開閉を繰り返されるのと同じような感覚で、イラついたことだろう。

「なんで気がつかなかったんだろう。すみません……」

「いや。すごい静かにやるから、そこまで気になってはいないよ」

全面的に反省するラゼに、アディスも責めはしなかった。

「まあ、それだけ集中してたってだけじゃない？」

フォローまでされる始末で、ラゼは自分が恥ずかしかった。

「僕はてっきり、見せつけられてるのかと思った」

頬に手を突いたルカと目が合って、すごく気まずい。

今回ばかりは、彼にそんなことを言われてしまうのも自分が悪いなと思える。

「移動魔法の発動は、魔法陣が出るのが基本。でも、今使ってたやつにはそれがなかった。陣が出る前にそれをキャンセルしてるでしょ。かなり難しいコツがいる高等テクニックだったはずだけど、それ？」

ルカは体術こそ苦手だが、魔法についてならこの乙女ゲームメンバーの中では一番極めている。

（よく見てるし、よく知ってるな……）

学校ですら教えられないような知識を披露され、ラゼは舌を巻く。

この何とも言えない空気をどう切り抜けようかと悩むが、

「そうなんですか？　すごいラゼちゃん！」

天使フォリアから、すぐに助けの手が差し伸べられた。

険悪になりそうだったムードが、彼女のキラキラした新緑の瞳に浄化されていく。

「ちょうど区切りもいいですし、休憩にしましょうか」

カーナのスマートな話題転換に感謝して、ひと休憩することになった。

机の上を一度片付けていると、どこからか戻って来たカーナに「ラゼ」と名前を呼ばれる。

「はい？　むぐ」

　立ち上がって机を拭こうとしていたところで振り返ると、彼女から口にクッキーを押し込まれ、ラゼはそれを頬張る。

「お疲れ様。美味しい？」

　どうやら気を遣わせてしまったようだ。

（カーナ様の手作りお菓子だ!!）

　ラゼは咀嚼《そしゃく》しながらこくこく頷く。

　その様子を「リスみたいで可愛い」とカーナに思われているとは知らず、彼女はもぐもぐ口を動かした。

　砂糖とはまた違った不思議な甘さの、とにかくあま～いクッキーだ。

（すんごく甘いなぁ～。チョコクッキーかと思ったけど、こんなお菓子もあるんだ～）

　食べたことのない甘みに、ラゼはきっと特別なものでお菓子を作っているんだろうなと思いながら、喜んでそれを食べる。

「あれ――？」

　しかし、彼女はツウッと何か液体が流れる感覚に、口元を押えた。

　そして、人差し指についたものを見て、鼻血が出たことを知る。

「ラゼ!?」

　異変に気がついたカーナが、顔色を変えてすぐに白いハンカチを当ててくれた。

彼女の焦った声に、全員の視線がこちらに集まる。

――何かが、おかしい。

そう思った時には、すでに意識が朦朧《もうろう》としていて。

ラゼは揺らいだ身体を倒れないように、机に手をついた。がたんと、机と椅子がぶつかる音が鳴る。

脳の機能と魔石の起動能力は直結している。確実に魔石の所有者を仕留めるためには、心臓ではなく思考する頭を狙えと、軍ではまず最初にそう教わる。

（どうして、毒なんか――）

カーナの手作りなら毒でも食べる。否、食べてしまったが、流石にこれは脳が沸騰しそうだ。鼻血が止まらない。

「大丈夫か？　椅子、座れる？」

近くにいたアディスが、ふらついたラゼの様子にすぐに椅子を引いてくれるが、彼女はそれに気がつけない。ラゼは心配してくれる彼らに笑顔を見せる余裕もなく、カーナとフォリアが持ってきた器に視線を走らせる。

クッキーとパウンドケーキ、フォリアが今手に持っているトレーに載ったお茶も怪しい。

この前、魔物から毒をもらったのと同じように、あれからも危険なものは取り除かなくてはいけない。

ここで倒れて事件にするか。それとも、自分で処理して何もなかったことにするか。

まずそこから考えなくてはいけないのだが、裏で暗殺業を営んでおります、薬学が得意なクロード・オル・レザイア様が、お菓子に目を付けてしまったので悩む時間も与えてくれない。

「……っ」

自分が食べさせたものが毒入りお菓子だとバレたら。カーナが犯人だと疑われる。

(——毒素を、転移……)

クロードの手が、クッキーに触れた瞬間だった。——ラゼの魔法が発動する。

彼女の魔法に気づける者は、ここにはいない。

魔法を使用したせいで、ひどい頭痛に見舞われたラゼは、目をつむってその場に座り込んだ。

「っ、ラゼ……?」

「すみませ、ちょっと——」

食べ物に混ぜられた成分を摘出するなど、正気の沙汰ではないレベルの魔法だ。繊細な魔石の起動は脳への負担も大きい。更に、自分が摂取した毒を除くことは後回しにして、彼らが口にするであろうものに対象を絞ったせいで、返事もまともに返せない。

「大丈夫?」

部屋の入り口にいたフォリアが慌ててティーセットを机に置いて、傍に来てくれる。

この間から、彼女にも心配ばかりかけさせている気がする。

「ごめん。少し体調が悪かったみたい。びっくりさせて、すみません」

菓子と茶から、自身の持つ記憶から魔石にプログラムさせた毒素と認識されるものを取り除くなんて芸当をして頭がガンガン痛むが、隠すと決めたからには、やり切るしかない。ここは軍人としての意地を見せなくては。

地面に足がちゃんとついているかもわからない感覚のまま、ラゼは立ち上がり、へらりと笑う。

「さいきん、あまいものばっかりたべてたのが、あまりよくなかったのかも」

カーナのせいではないと、ラゼは説明する。

「とりあえず、これ、あらってきますね」

カーナのハンカチを汚してしまったことに罪悪感を覚えつつ、なんとかその場から離脱した。

(あたまいたい。ぼうっとする……)

心中、片言で愚痴りながら、彼女は少し身体をふらつかせて人気《ひとけ》の少ない廊下を歩く。

脳の酷使で生じる頭痛は、安静にするのが一番だ。逆に言えば、自分ではどうしようもない。

近くにあった給湯室に入り、血を洗い流しながら、痛む頭を押さえて自分が摂取した毒も抜く。

まさかこれが、シナリオの強制力というものなのか?

もし毒入りのお菓子を出していれば、カーナの破滅への道は進んでいたかもしれない……。

蛇口から、ザアーと水が流れる音を聞きながら、ラゼは鈍い思考の中で考えてぞっとする。

カーナを悪役にしようとする何かがあるが、目に見えないものを相手するなど、勝算がない。

(そんなのダメに決まってる。かならず犯人がいるはずだ。しっぽを掴んでやる)

いつも「ラゼ」と、優しい笑みで呼んでくれる友を失う訳にはいかない。

「平気ですか?」

ラゼが水の流れるシンクと向き合っていると、遠慮がちに声が聞こえた。

ちらりと視線だけでそちらを見ると、そこにはクロードが立っていた。

そんなに接点がまだない彼が現れて、ラゼは目を細める。

「ちょっと失礼します」

「――え？」

クロードは手袋を外しながら一歩距離を詰めると、ラゼの額に手を伸ばした。

「やはり。熱が急激に上がっていますね。勉強会が始まった時は体調は然程《さほど》悪くなかったはずです」

眼鏡の奥に、透き通った黒い瞳が覗く。

見透かされたようなその視線に、万全ではないラゼは焦った。

少々、自分の周りにいる学生を甘く見過ぎていたかもしれない。

ラゼは金の卵たちの見守り役であるように、クロードもルベンの手であり足として彼についている。

小さい時は兄弟のように育った彼らだが、クロードはルベンを主人として、彼のために動いている。

皇子の傍にいることを許された者の実力を、まだ若いからと見誤った。

「薬が盛られてましたね。あのクッキー。確認したところ薬は抜いたみたいですが、微かに臭いがしました」

自分という軍人がいるのだから、同年代に優れた人がいても不思議なことではないのに――。

皇子の体調管理をサポートしている彼の観察眼はすごかった。毒の残った臭いまで感知してしまうとは。

（晴蘭《せいらん》生まれ、こわい……）

反省することはたくさんあるはずなのだが、痛む頭で出てくるのはそんなこと。

「血行を促進させる薬の過剰摂取です。医務室に行きましょう」

最後の言葉で心配されているのがわかって、ラゼは目を丸くする。

「あ。だいじょうぶですよ。お手数おかけしてしまい、すみません。もう戻ります」

話しているうちに鼻血は止まった。ここで顔を出さなければ、カーナも安心できないだろう。

「何言ってるんですか？　毒食べて、熱が出てるんですよ？」

彼女の言葉に、クロードは本気で引いていた。

顔色ではわかりにくいが、ラゼの思考はあまりまともに動いていなかった。

「へいきです。うつるような熱ではないですよ。鼻血が出ただけなのに戻ってこないとカーナ様もフォリアも心配します。私が甘いものを食べすぎて鼻血を出したということ以外、何もなかったんですから」

ラゼはクロードをじっと見つめる。

「まさか、カーナ様が意図的に毒を盛ったとお考えではないですよね？」

圧のある彼女の言葉に内心驚きつつ、クロードはポーカーフェイスを貫く。

「そんなことは微塵も考えていませんでしたよ。わたしも殿下の傍でモーテンス様のことは昔から知っているので」

「そうですか。それならよかった」

ラゼは最後に一回口をゆすぐと、きりりとした顔で元の部屋に向かって歩き出す。

なんでこの人は熱が出ているのに平気な顔をして歩いているのだと、彼は怪訝《けげん》な様子だ。

ただ、クロードもラゼと同じく影で動く側の人間。

何かあったことを、主人や信頼する人に知られないようにする気持ちがわかってしまう。

「……このことはわたしたちだけで留めましょう。理事長にはわたしから伝えておきます。皇子に関する報告は任されているので」

だから、彼はラゼを止めることはしなかった。

皇子の傍にいれば、暗殺を企てる輩《やから》の処理をする機会もある。上層部の大人たちとのやり取りも、慣れたことだった。

「わかりました。ありがとうございます」

将来有望な側近だなと思いながら、ラゼは頷く。


だるい身体を動かして、ラゼはカーナたちのもとに戻る。

「ラゼ。血は止まった？」

「はい。ハンカチ、汚しちゃってすみません……」

「それくらい気にしなくていいのよ」

カーナは優しく出迎えてくれた。

「大丈夫そう？　今日はもう休む？」

「平気です。もうちょっと勉強しないと」

ラゼは今度こそにっこり笑う。

「ラゼにはまた今度、お菓子を焼いてあげるから、今日はもう食べちゃだめよ？」

「えっ」

しかし、思ってもみない方向から優しさが返ってきて、ラゼはショックを受ける。

わかりやすくしょんぼりする彼女に、カーナも困り眉だが、譲ってはくれない。

「代わりに、お砂糖を使ってないドライフルーツがあるから。ね？」

カーナに言われれば、はいと頷くしかなかった。ラゼは大人しく椅子に座る。

毒抜きをしたパウンドケーキとクッキーはとても美味しそうだ。

見た目は何も変わってはいないので、それもそのはずなのだが。

ラゼは勉強会に来て良かったと思いながら、ドライフルーツをつまむ。

（あとで私も理事長室に行かないとなぁ）

何としても金の卵たちを守らなければ。

カーナは、将来のお妃《きさき》様。失うことは許されない。

「カーナ嬢」

「んっ」

クッキーをカーナ様に食べさせるルベン。

「…………」

ラゼの目の前でそれを見せつけてくるのは、わざとなのだろうか。

女にも嫉妬するとは。ルベン殿下、コワイ。自分が国に忠誠を誓う軍人と知られれば、一体どうなることやら。

ただ、あんなことがあった直後なので、ルベンの隣で幸せそうなカーナを見て、ほっと息を漏らした。この頭痛も、彼女の笑顔のためだと思えば我慢できる。

「そんなに見つめて君も食べさせて欲しいの？」

前言撤回。隣の人誑《ひとたら》しは煩《うるさ》いので、勘弁して欲しい。

「もうカーナ様から頂いていますから、大丈夫です」

アディスが揶揄《からか》うのを相手にしないで、ぴしゃりと心のシャッターを閉めた。

休憩が終わって勉強会が再開すると、皆集中力が高まって来たのか部屋は静かだ。

ラゼはうまく集中できないことがわかっていたので、問題を解くことを諦めて配布物を見直す。

しかしそれでも、ふとした時には、文字の羅列を目が追うことをやめてしまっていた。

「特待生――」

そう自分を呼ぶのはアディスしかいない。

「ん……あ。教科書ならどうぞ」

反応が遅れたので、彼に言われたことを予測して対応する。

「……ねえ。今日はもう休んだら？」

休憩前と比べてしまうと、ラゼが集中できていないことは見ていればわかった。

「え？」

「集中切れてるし、体調悪そう。寝た方がいい」

アディスは有無を言わさず、彼女が広げた教科書を閉じさせる。

「俺、送ってくるね。行こう」

まとめられた分厚い教科書やノートたちはアディスの腕の中。

「ちょ……っ」

人質を取られて慌てて椅子から立ち上がると、ズキンズキンと頭が痛む。

途中で動きが強張《こわば》ったラゼに、アディスはすぐに「ゆっくりでいいよ」と言った。

「やっぱり無理してるし。医務室行く？」

「いや、その……寝てれば治るので……」

ラゼは白状して、アディスの言うことに従うことにする。

「わたしも一緒に……」

「ううん。大したことはないから。多分部屋戻っても寝てるだけだし、そんなに心配しないで。ありがとう」

わざわざ自分のために切り上げようとしてくれたフォリアの気持ちだけもらって、ラゼはアディスの後ろをついて行く。

「あの、ひとりで戻れるので」

アディスの勉強時間を邪魔したくはない。教科書たちを返してもらえるよう、手を差し出す。

「気づいてないのかもしれないけど、君、全然いつもと歩き方違うよ。ここは言う事聞いときなよ」

「……申し訳ないです」

そんなに今の自分はダメなのかと、彼女は心が折れた。どう見栄を張ってもみじめにしかならなそうだ。

隠せないとわかったので、ラゼはゆっくり歩く。自分より脚が長いアディスも、歩幅を合わせてくれた。

「晴蘭生まれの人って、すごい人が沢山いるんですね。私、全然わかっていませんでした」

気を紛らわせるように、彼女は呟く。

「テストも頑張らないと。すぐ退学になっちゃいそうです」

冗談半分で言ったのだが、アディスに驚いた顔をされる。彼も残りの半分が本気だという事に気がついたのだろう。

「……大丈夫じゃない？　特待生なら。ちゃんと勉強してるし」

アディスは抱えた教科書に目を移す。

「一位取るつもりで勉強してますから」

ラゼはハハハと、強がって笑った。

「ザース様も一位目指してるので、勝負ですね。負けないように頑張りますが、ザース様も応援してます」

「……なんで？」

矛盾したことを言うラゼにアディスは小首を傾げる。

「私と違って、目標に向かって頑張ってるから？」

疑問を疑問で返されて、アディスは仕方なさそうに小さく息を吐く。

「早くベッドで休んだほうが良さそうだ。本当にひとりで平気だった？」

ラゼはこくんと頷いた。

「ここ数年はずっとひとり暮らしでしたから。大丈夫ですよ」

学生寮のロビーについた。もう女子寮の入り口はすぐそこだ。彼女は次こそはと両手を向ける。

「…………」

アディスは自分の腕の中にあるものを渡すことに躊躇《ちゅうちょ》した。きょろきょろと視線を動かし、コの字形の寮の中央にあるロビーで左右に男女が分かれていく中、何かを探す。

「——あ。ちょっと、ここにいて」

すると、彼はそう言い残してひとりの女子生徒の元へ行ってしまう。

茫然とその場で様子を窺っていると、アディスはすぐに声をかけたその人と一緒にこちらに戻ってきた。

「体調悪いんだって？　大丈夫？　ラゼ」

「マリー先輩……」

彼が連れてきたのは、仲良くさせてもらっている一個上の先輩、マリーだった。

「すみません。俺はもう戻るので。お願いします」

「ラゼのためだから。気にしないで」

アディスはラゼではなくマリーに、荷物を託した。彼も女子が泊まるフロアまでは行けないので、代わりの人を探してくれたらしい。

「よし。行きましょう。ちゃんと勉強してて偉いわ」

マリーは荷物を持ち直し、ラゼの頭を撫でる。

歩き出した彼女について行かなければならないが、ラゼは慌ててアディスを振り向いた。

「あ、ありがとうございました。みなさんには先に抜けてすみませんとお伝えください。今日はもう寝ます」

「うん……。気を付けて」

物言いたげな瞳に見送られ、ラゼはマリーと一緒にまっすぐ自室を目指す。

「あれが噂の青の貴公子くんね。まさか話しかけられると思ってなかったわ。私とラゼが知り合いなこと、知ってたのかしら」

「そう、かもしれません……」

他にも女子生徒はいたので、多分、選んでマリーを呼んだと考えられる。

寮の食堂ではよく朝ごはんで一緒になることが多いので、それを知っていたのだろう。

そういうところが、人脈が広い理由なのかも。

(なんだかんだ、優しいんだよな。ザース様)

ふっと、顔から力が抜ける。

彼が次の考査で一位を取って学園を辞めたら、それはそれで寂しいかもしれない……。

「そうだ。去年の過去問。まとめたから渡そうと思ってたの。今度渡すわね。今日はしっかり休むこと」

「はい。荷物まで運ばせてしまってすみません。ありがとうございました」

ラゼはマリーが自分の部屋から出ていくのを見送ると、着替えることもせずに、そのままベッドに倒れ込んだ。

軍にいたときの任務ですら、ここまで面倒な魔法を酷使したことはほぼない。

カーナからもらった菓子をなんの疑いもなく食べてしまったことが、最初の過《あやま》ちだった。

(でも、それは仕方ない、よ……。カーナ様からもらうものを疑うなんてさ……)

散々な結果になってしまって、彼女はひとりで弱音を吐く。

護衛対象には被害が出ていないが、先日からミスが多い。

貴族の身辺警護は、基本的に騎士団の仕事。軍人が務めるのは、国外に要人が出るとなった時くらい。言い訳をすると、経験不足だった。民間人の学校に通うことも初めてで、ラゼ・グラノーリとして彼らから浮かないようにすることに気を配りながら、たくさんいる金の卵たちを守るのは神経を削る。

その疲れがどっと押し寄せてくるような感覚だった。

「もっと、うまく、やらないと」

ラゼの意識はそこで遠のく。

「んん……」

次にラゼが意識を取り戻すと、何かがずるりと額から落ちる。

「んッ？」

身に覚えのないものに驚いて、彼女はバッと起き上がった。

すると、枕の横にタオルが落ちていることに気がつく。

寝ぼけた顔でそれを手に取ると、魔石から採った染料で染められた青い糸で氷魔法の魔法陣が書かれているのを見つける。一家にひとつは欲しい、熱を冷ますためのタオルだ。

「なんで……？」

どうしてそれがこんなところにあるのか。そう考えて、彼女は我に返り、反対側に視線を動かした。

「おはよう。体調はどう？」

いつからそこにいたのだろう。ベッドの横に椅子を置いて、フォリアが座っていた。

「お、おはよう。フォリア。体調は……いいと思う」

昨日、頭痛が酷くてすぐには眠ることができなかったのだが、それにしては不思議なくらい身体が軽い。

すでに制服に着替えているフォリアを見て、ラゼはまさかと思う。

「もしかして、そこで魔法かけてくれてたの？」

何も言わずに微笑むフォリアに、彼女は茶色の目を見開いた。

「えッ。ご、ごめん。うわ、その……」

そんな大変なことをさせてしまったとは思わず、ラゼはなんと言ったらよいのかうろたえる。

「いいんだよ。こういう時は頼ってくれて」

フォリアの穏やかな声音に、彼女は言葉を止めた。

「寮母さんにはもう言ってあるから、今日はゆっくり休んでね。先生には伝わってると思うけど、ちゃんと言っとくよ。ノートも任せて」

「いやッ。もう、すごく元気になったから、授業はでるよ!?」

そういえば今は一体何時なんだと、ラゼは時計を探す。

「もうこんな時間！」

今すぐに起きて支度をしないと間に合わない。寮の朝食の時間ももう終わりだ。

こんこんとドアをノックする音がして、フォリアがどうぞ～と許可をする。

「あ。ラゼ、目が覚めたのね？　おはよう」

登校の準備を整えたカーナが、中に入ってきた。

シャワーも浴びていないせいで編み込みが癖になっている、ぼさぼさの前髪をよけて、カーナはラゼの額を触る。

「よかった。もう熱は引いたみたいね。昨日触ったらすごく熱くてびっくりしたわ」

カーナはほっと胸を撫でおろした。

「昨日？　あれ？　あの、私、準備しないと？」

色々聞きたいことはあるが、もうベッドから降りなければまずい。

脚を下ろそうと、体勢を変えると、カーナに肩を押された。

「今日は一日安静。メリル先生からの指示だから、ちゃんと守らないとダメよ」

元気なのに休めと言われて、ラゼは戸惑う。こんな状況は初めてだ。

「昨日あの後、アディス様が戻ってきて、やっぱり心配だから様子を見てあげてくれるかって言われたの。わたくしたちも気になってたから勉強会は終わったわ。先にふたりでここに来たら、ラゼ、すごい熱だったから……」

「メリル先生に来てもらって、診てもらったんだよ」

自分が寝ている間にそんなことがあったとは。

「全然気がつかなかった……」

茫然とラゼはふたりを見つめる。

彼女は昨晩、気を失うような眠り方をしていたので、気がつかないのも無理はなかった。

「ひとりで我慢しなくていいんだよ。ラゼちゃん。すごく心配した」

フォリアの真剣な眼差しが、ぐっと心に突き刺さってくる。

誰かにこんな風に手厚く世話されるのなんて、もうずっと前の記憶で。

フォリアは教会にいた子どもたちにするように、ラゼにハグをするから、何だか胸が苦しい。

「じゃあ、わたしたちはもう行くけど、ちゃんと休んでね。ここに手紙も書いておいたから、わからないことがあったら、あとは寮母さんに聞いてみて」

フォリアが離れて行って、ぬくもりが消えた。

自分だけ置いて行かれることは、どうやら決定事項らしい。

行ってしまうふたりに、ラゼはシーツを握り締める。

「待って！」

呼び止めると、彼女たちは足を止めて振り返ってくれた。

「あの、心配かけてごめんなさい。それから、色々私のためにやってくれて、ありがとう……」

朝起きたばかりで、まだ消化しきれていないが、ふたりが自分のために手間を惜しまず動いてくれたことが本当に嬉しかった。

ふたりは顔を見合わせて、再びこちらを向く。

「友達だもん。これくらい当たり前だよ」

「そうね。いつもラゼには助けてもらってばかりだから、こういう時くらい頼ってもらえないと悲しいわ」

彼女たちは知らない。ラゼが正体を偽ってこの学園に通っていることを。本当は、民間人とは違う道を歩いてきた軍人だということを。

「そっかぁ……」

ラゼは複雑な心境のまま、眩《まぶ》しそうに目を細めてくしゃりと笑った。

ひとりになった後、ラゼは机の置き手紙を手に取る。

『朝食は寮母さんに声をかけ、メリル先生に様態を確認してもらうこと。頭痛がするようなら、この薬を飲むこと。無理して勉強しないこと。』

（とりあえず、ご飯食べよう）

授業はもう始まる。見守り役なのに彼らの傍にいない罪悪感にもやもやするが、ラゼだって、これだけたくさんの護衛対象がいるなかで、ずっと彼らについていることなんて不可能だと理解している。

「見守り役」だなんて抽象的な役目で、特定の誰かを守れと言われたことがないのは、それが自分に求められている仕事ではないからだ。要は同じ立場から進言できるお目付け役でしかない。自分は最後の最後に選ばれる選択肢。出番がなければないほど好ましい。

死神宰相閣下も、一生徒として学園に通えと明言している。

制服に伸ばしかけた手に私服を持たせて着替えると、寮母さんに挨拶して、用意してもらった朝食を食べた。

それからまだ外が明るい、生徒たちは皆授業を受けている時間に、のんびり風呂に浸かる。

さっぱりした後は、医務室に顔を出した。

室長メリル・ユン・フェリル。メリル先生と名前で呼ばれることが多い彼女にも、最近お世話になっている気がする。

「また、大変だったみたいね」

フェリルに同情された。

「話は理事長先生から聞いたわ。頭痛はどう？」

「大分治まってきました」

「よかった。あなたも我慢しないで、ちゃんと医務室に来なさいな。理由は聞かないから」

フェリルに目をつけられてしまったみたいだ。ラゼは彼女の配慮に苦笑する。

「わかってると思うけど、今も頭が痛いのは、状態異常なのに高度な魔法を酷使したせいよ。しばらく魔石に命令出さないように」

「はい……」

これはきちんとハーレンスにクロードが説明しているなと、ラゼは察する。

「あの薬は簡単に商店街で手に入りますよね」

「そうよ。でも、薬の管理はかなり厳しいものだから。あそこで売られていたものだとしたら、すぐに犯人がわかるわ。そう心配しないで」

フェリルは安心させるために言ってくれたのだが、ラゼはその犯人を捜す側の人間だ。

「真相がわかるまでは、あなたも話しちゃだめよ？」

「はい。そのつもりです」

たとえ真相がわかっても言うつもりはない。

診察が終わって、フェリルに薬を処方される。

カーナのお菓子に混ぜられたのは、血の巡りをよくするために使われる薬で、使用量を間違わなければ善い薬だ。しかし、あれだけの濃さだと、流石に事件性が高い。

普通のお菓子にはないおかしな甘さの正体は、毒だったわけだ。悪戯《いたずら》にしては冗談にならない。

(次は理事長に会わないといけないや)

ラゼは医務室を出ると、ハーレンスと会う機会を窺った。

◆

授業中、シンと静まり返った校舎の廊下を進み、ラゼは理事長室にたどり着く。

この部屋は生徒たちが使っているフロアとは離れているので、誰とも会うことはなかった。

中に他の気配はないか、耳を澄ませてから彼女は扉を叩く。

「ラゼ・グラノーリです。お時間よろしいでしょうか」

少しすると扉が開いて、ハーレンスがラゼを迎えた。

「入りなさい」

彼も、なぜラゼがここに来たかの理由はわかっている。すぐに彼女を中に通した。

高そうな革のソファを勧められて、ラゼはそっと腰を下ろす。

実はこの部屋に入るのはこれが初めてだったので、彼女は部屋の様子を確認しながら、ハーレンスを見た。

「昨日の件はクロードくんから聞いたが、一応君からも話を聞かせてほしい」

「はい。昨日、殿下、モーテンス嬢を含む数名と勉強会を行った際に、モーテンス嬢が焼いたお菓子に薬が盛られました。幸い、私が一番にそれを口にしたので殿下方が毒を摂ることはありませんでした」

「うん。報告通りだ」

ハーレンスは重く頷く。

「恐れていた事が起こってしまったな」

厳しい顔つきで、彼はゆっくりと言葉を紡いだ。

今年は特に最大の注意を払って安全を確保していたのに、このような事態が起こってしまった。

「まさか本当に君の出番が来てしまうとは……」

ラゼには学生として学園生活を楽しんで欲しかったのに、どうやらそれは難しそうである。

彼女を心配していたハーレンスは小さく囁きため息を吐く。

「確証はありませんが、恐らくモーテンス嬢に罪を着せようとしている者がいます」

「君が言うんだ。きっとその可能性が高いんだろう。目星が着くまで、この件は私と君で探る。負担を掛けるが頼むよ。しばらくの間はカーナくんを中心に見てあげてくれ」

「ハッ」

姿勢を正して返事をするラゼを見て、ハーレンスは目を細める。

影では「首切りの亡霊」なんて通り名まで持つラゼ・シェス・オーファン。彼女は手足が無くなっても、物ともせずに戦い抜く戦士だ。

かつて病棟でラゼの損傷を見たことがあるハーレンスは、死を恐れないで戦う彼女に畏怖を抱いた。

身体の傷は治っても、精神的な傷は癒される訳ではないのに。

あの時からハーレンスは彼女をセントリオールに入学させようと決めていた。

そのままでは人格に問題が出てくるのではないかと不安に思っていたのだ。

しかし実際、彼女が入学してみれば、優等生で心配するところが何もない。友人関係もうまくいっているし、しっかり任務もこなしている。

まるで彼女は小さな大人だ。ここまで頼りになる人材もそういない。

ハーレンスはそう考えてハッとする。

(やめろ。彼女は私の生徒だ。道具なんかじゃない)

彼はじっと目の前にいる小さな少女を見た。

一体どうして、彼女がこの国最強の軍人だとわかるだろうか。

まだ十六しか生きていない若い卵だ。

自分が気が付かないところで、彼女も苦労をして来ているに違いない。

「困ったことがあったら、すぐに相談するように」

「はい。ありがとうございます、理事長先生」

ハーレンスはラゼを、複雑な心境で見つめた。

「すでにカーナくんが使用したものや調理室については調べてある。証拠になりそうなものは残っていなかった。手がかかりは薬の種類くらいだ。いつ混入されたのかを洗い出すには、骨が折れそうだな」

「そうですね。計画的な犯行です。慎重に動く必要があります」

「カーナくんが標的になったとなると、相手は大きそうだ。私も外の情勢を調べてみることにする」

学園にいると、大人たちの裏事情は入ってこない。この手の話には気が向かないが、ここは重い腰をあげなくてはならない。

「定期考査が終われば、すぐに長期休暇に入る。これは毎年言えることだが、休みを挟むと風紀が乱れやすい。事前指導の時間を取ろうか……」

彼はおもむろに手帳を開き、スケジュールを確認する。

「学園外での活動は任務に含まれていないが、オーファンくんは、休みの予定はどうなっているんだい？」

長期休みは、この学園は閉鎖されて皆実家に戻る。

ラゼも元いた場所に戻り、生徒たちの警護から一度外れることになる。

「軍部に戻って仕事です。流石に生徒たちの護衛は難しいですね。彼らにはちゃんと身辺の警護をするものがいるでしょうし、私は私の仕事をするつもりです」

ハーレンスは愚問だったと反省した。

「そうか。忙しいな……」

彼の表情が暗いのに気がついて、ラゼは言葉を探す。

「充実した学園生活を送らせていただいているので、三週間くらい少し忙しくなるのはどうってことないです。優秀な部下もいますので、ご心配なく」

彼女にとっては、学園生活が休暇のような感覚なのだ。ただで通っているからには、国に貢献して返さなくてはいけない。

万全な状態で休みを迎えて欲しいものだと、ハーレンスはそう考えずにはいられなった。

◆

ハーレンスと別れ、寮の自室に戻ると、ラゼはテスト勉強をして時間を潰した。

魔物事件の捜査は信頼できる騎士にやらせるそうだが、責任の所在は魔物をバルーダからオルディアナに運んだ軍にあるだろう。騎士団と軍の溝がまた深くなりそうで何とも言えない。

怪我をしたのは軍に所属している自分。ミスは現場でフォローしたということで、ハーレンスが上手く事を収める方向に導いてくれることを願うしかない。

(そろそろ授業、終わるかな)

時計を見て、ラゼは問題集を閉じた。

フォリアとカーナとお揃いで買ったカップにお茶を淹《い》れて、ほっと一息つく。

扉の向こう側が騒がしくなってきて、生徒たちが戻ってきたことを知る。

ラゼはじっとドアを見つめた。

「ラゼちゃん。ただいま！」

部屋に入る前には必ず二回ノックするのが、今ではお決まり。

急いできたのか、前髪が乱れたままのフォリアが、天使の微笑みを湛《たた》えて帰ってきた。

「おかえりなさい」

そういえば、最近、自分の方が帰りが後になることが多いので、おかえりと言うのも久しぶりだ。

ラゼは机にカップを置いて、フォリアが部屋に入ってくるのを見守る。

「ちゃんと休めた？」

「うん。のんびりさせてもらったから、もう平気そう」

フォリアは今日の分の授業をまとめたノートを渡してくれる。

「ありがと。テスト前なのに……」

「困ったときはお互い様だよ。それに、カーナ様も手伝ってくれたから全然大変じゃなかったよ。プリントは、ラゼちゃんと席が近いアディス様がまとめてくれたの。あ。カーナ様は荷物置いたらここに来るって言ってたから、多分すぐに来ると思うよ」

フォリアが言った通り、そう時間を置かずにカーナが部屋にやって来た。

「わたし、明日、統治学の授業で発表になっちゃったから、図書館で調べものしてくるね。夜ごはんには戻って来るよ」

「うん。わかった」

入れ違うようにして、フォリアは図書館に行ってしまう。

カーナとふたりきりになって、ラゼはお茶を淹れ直す。

「ねえ。ラゼ、話があるの……」

まるで破局前のカップルのような話の切り出し方をされて、ラゼは大きく瞬《まばた》きをふたつ繰り返した。

「……もしかして、ゲームに関する話ですか？」

「そう」

ゆっくり首を縦に振る彼女。

（カーナ様が気にするようなことはないと思ったはずなんだけど？）

自分を責めやすいカーナだが、ここ最近は安定してルベンといちゃついてる。寧ろハッピーなことが多いはずだ。

何か問題があったのかと、ラゼは思考を巡らす。

「イベントは上手く回避できていると思うのですが……？」

「そうね。嬉しいことに、わたくしの破滅に近づきそうなイベントは、変化しているわ。でも、問題はそこじゃないの」

カーナの深刻な語り口に、ラゼは静かに次の言葉を待った。

「わたくし気がついたの……。ラゼ。あなたの身が危ないかもしれないって」

「────ハイ？」

想像の斜め上を行く内容に、ラゼは面食らう。

「なんでそうなったんですか⁉」

頭の上には疑問符がたくさん浮かんだ。

「思い出してみて。殿下の誕生日会。ヒロインの強化イベント。それから、昨日の勉強会も……。まるで、ゲームに出てこないラゼを排除するようにイベントの内容が変わっている気がするの」

カーナの紫色の瞳は真剣そのもの。

「だから、ゲームの強制力のせいで、わたくしよりラゼが危ないかもしれない」

「……なるほど。一理ありますね」

彼女の説明に、ラゼは納得する。あながち間違った考察でもなさそうだ。

「もう。なんでそんなに冷静なの？　相手は乙女ゲームのシナリオだなんて、怖くはないの？」

至って冷静なままのラゼに、カーナは呆れた顔つきだ。

ラゼを不安にさせないように、このことを言うか悩んでいたというのに、あっさりしている彼女に気が抜ける。

「結局、結果論なので。その時その時で対応するだけですよ」

ラゼはカップに口を付けて、それを一口。

「それに、理由や原因もなくイベントは起こりません。強制力なんて力はないと思っています」

背景には何かしらの原因がある。天災でも起きない限りは、人が起こす事件なので、対処はできる。

「大丈夫ですよ。なるようになります」

カーナが困っているときには親身になるのに、自分のことについては楽観的なラゼ。

カーナは小さくため息を吐いた。

「気負わないのはいいかもしれないけれど……。お互い、ちゃんと警戒はしましょう?」

「はい。これで私もカーナ様と同じ乙女ゲーム対抗組ということですね?」

「なんで嬉しそうなのよ」

にこにこ機嫌のいいラゼに、カーナも釣られて苦笑する。

(これでカーナ様も、ひとりで乙女ゲームを相手してるとは思わなくて済むよね)

自分にヘイトが向いたと思わせれば、後はこちらの領域だ。後処理は得意である。

「次のテスト、見ててください。ゲームなんて無視して、ちゃんと特待生を維持してみせますよ」

「ふふ。わたくしも負けないように頑張るわ」

話を始めたときとは違ってリラックスしたカーナを見て、ラゼは目を細めた。

幕間　定期考査の行方

「今回は絶対に勝つ！」

ラゼとフォリアが住んでいる向かいの部屋でそう意気込むのは、二年A組のマリー・ウィンストンだ。

去年はずっと二位だった彼女は、今度こそ一位を取ると豪語している。

親友のアリサ・フェーバーはそんな彼女を見て、口では頑張れと応援してはいるものの、今回もノーマン・ロイ・ビレインに一位を持っていかれそうだなと内心では思っていた。

「二位でも十分すごいのに……」

「この際、順位なんてどうでもいいのよ。私はあいつを負かしたいの！」

バリバリの闘争心に、アリサはこれ以上近づいたら危険だと判断する。

毎日遅くまで勉強して、眼鏡でわかりにくいが目の下にクマを作っているマリーを心配しているのだが、彼女は止まってはくれなそうだ。

（勉強、教えて欲しかったのに……）

マリーと一緒に試験勉強をしたかったのだが、彼女の意気込みがこの通りなので今回は声がかけづらかった。邪魔するのも悪いと思い、アリサは今まであまり交流のなかったドレイス・キルマリオン・ムーブレスに思い切って声をかけて勉強を教わっている。

マリーやノーマンと比べてしまうと順位は下だが、その次にドレイスは勉強ができる。いつも自分の席で本を読んでいてザ・インドアな彼は、丁寧に教えてくれるし、話してみると面白くていい奴だった。

アリサは明日に迫った定期考査の結果が良かったら、ドレイスを誘ってお礼に商店街でご飯でも行こうかなと考えている。

「一年生はどうだろうね」

話題を変えようと、アリサは初めてできた後輩たちの話を振る。

「ラゼに是非とも上位ランクインして欲しいわ。ちゃんと過去問ノートも渡して、打倒・貴族の精神も語ったからきっと大丈夫よ」

(……ごめん。何が?)

全くもって何が「大丈夫」なのかアリサにはわからない。

いつの間にか、また後輩にとんでもないことを吹き込んでいたらしく、アリサは頬を引きつらせた。

「いつの間にそんなことを……」

「一位を取ったら、好きな物をおごってあげるって約束してるの。後輩に抜かされる前に私も一位を取らないとね」

やけに気合が入っているなと思えば、そういう理由もあったらしい。

(ラゼに貴族嫌いがうつらないといいんだけど……)

アリサはちょっと不安になった。

机にかじりついているマリーを見てため息を吐《つ》く。

もともと身体《からだ》が強くないのに、無理して体調を崩すのはどうかと思う。

これはまた二位だろうなーと思いながらアリサはベッドに潜った。

「あたし、先に寝るね」

「ええ。私ももう少ししたら寝るわ。おやすみ」

「おやすみ。マリーも早く寝るんだよ?」

「わかってるわ」


そうして迎えた定期考査当日。

「……早く寝ろって言ったよね?」

「大丈夫よ。何も問題ないわ」

明らかに体調が悪そうなマリーにアリサは頬を膨らます。

結局昨日も遅くまで勉強していたのだろう。

「そんなんだから、またノーマンに負けるんだよ」

「そんな事ない! 今回はいつもの倍勉強したの!! 絶対に負ける訳ない!」

ムッとしたアリサはぷいと顔を背ける。

そんな体調じゃ、倍勉強しても実力なんて発揮できないだろう。

そろそろ不満が溜まってきていたアリサはもう知らないと、先に教室に向かう。

後からやってきたマリーはやはり体調が悪そうだったが、医務室に行くことはせず、直前までノートに向き合っておさらいをしている。いつもなら、もうしっかり準備はしているからと、テストの空き時間はゆったりしているのだが、その余裕はどこかに行ってしまったみたいだ。

そうしてテストは始まり、昼食を終《つい》えた後半戦。

「マリー!!」

一教科が終わった後、マリーは遂に椅子から崩れ落ちる。

答案の回収中であったが、アリサは思わず立ち上がる。

しかしマリーは床に叩きつけられることはなく、彼女を支えたのは隣の席のノーマンだった。

「先生。医務室に運んで来ます」

「わかった。君たちは待機していてくれ。ノーマンが戻り次第テストを開始する」

ノーマンはマリーを横抱きにして教室から出て行く。

「だから言ったのに……」

アリサは倒れるまでマリーを止められなかった自分に嫌気が差した。

数分後ノーマンが戻ってきてテストは再開。

その日の教科が終わると、アリサはすぐに荷物を片付けてマリーの見舞いに行くことにする。

「待って」

教室を出ようとすると、誰かに腕を掴まれてアリサは振り返ると、相手はドレイスだった。

「その、あんたのせいではないから」

最初、何を言われたかわからなかったが、マリーのことを言っているのだと気が付いたアリサは目を伏せる。

「あ、ありがと」

「それと。多分、今行くと邪魔になる」

ドレイスが空席に視線をやった。

そこはノーマンの座席で、きっとマリーの元に行ったに違いなかった。

「ハハ。そうだね。ここは未来の旦那に任せるか！」

相変わらず世話の焼ける親友だなーと息を漏らしながら、アリサは苦笑する。

今回も一位はノーマンで決まりだった。


「アリサ。その、心配かけてごめんなさい」

結局テストは参考点として、後日受けることになったマリー。

全てのテストが終わって医務室に入院しているのを見舞いに来たアリサに、いつも強気な彼女が頭を下げる。

どうやら深く反省しているらしい。

「わかったならよろしい。体調管理も大事だって、何回も言ってるんだから、次はないよ？」

「はい……」

しゅんとしたマリーに、アリサはふうとため息を吐く。

「あ。そうだ。マリー期待のラゼは、頑張ったみたいだよ」

「え？」

「なんと一年生の一位はラゼ・グラノーリ。先越されちゃったね」

「そうなの⁉」

全て満点を叩き出した特待生は、今や学園中で有名だ。

「先輩として、可愛い後輩のことは守ってあげないとね」

「ええ。悪い虫に将来有望な同志を食われるわけにはいかないわ！　早く元気にならないと！」

庶民の特待生が一番を取るというのは、良くも悪くも注目されてしまう。

出る杭は打たれるものだ。

マリーも昔は虐《いじ》められたことがあったが、ノーマンに助けられながら貴族たちの学園で頑張っている。早く回復して、可愛い後輩をまずご飯に連れて行こうと決めるのだった。

◆

その頃のラゼはというと。

全身に好奇の視線を浴びて食堂のテーブルに座っていた。

（これは、ちょっと……。居心地悪いな……）

今はお疲れ様会と銘打って、勉強会をしたメンバーでお食事中である。

「ラゼ。全科目満点なんて反則じゃない？」

ラゼは苦笑いで、何とも言えない。

（そういうカーナ様も大概なんだよな……）

カーナは三十点差で三位。

勉強会のときに確信したが、皇妃となるべく育てられた彼女はとっても優秀である。

一位を狙って満点を取ったことについては、よくミスをしなかったと素直に自分を褒めたいところだが、うまく行き過ぎた。

こちらに向く視線は、よいものばかりではない。それはラゼも理解できた。

流石《さすが》に全教科満点では、不正を疑われても仕方ない。

「ハハ。先輩にもらったノートがすごかっただけですよ」

「先輩？」

ラゼは頷く。

「実は、去年ずっと二位をキープしていたマリー先輩に、過去問のノートを譲ってもらったんです」

「そうだったの？」

「はい。でも、マリー先輩はその、打倒・貴族を掲げている方で……」

彼女が口籠るとカーナはそこで話を察してくれる。

こっそりノートを見せてもよかったのだが、所々に「貴族を倒すポイント！」なんてコメントが書かれているものを見せる訳にはいかなかったのである。

プライドの高い貴族生に過去問を譲る文化は定着しておらず、ラゼは協力的な庶民の先輩を持てて運がよかった。過去問はほぼ形式が変わらないものも多かったので、かなり楽に点が取れた。勝因はそこだろう。

「それのおかげで点が取れただけなので。高得点取れない方がまずいと言いますか……」

話し難《がた》い内容に、ラゼの歯切れは悪くなる。

周りで聞き耳を立てている交流のない貴族生の圧が、ひしひしと伝わってきていた。

「受験勉強で過去問を解くのと同じことでしょ。自分のできる限りのことをしてテストに臨んで、ちゃんと結果を出せたのは実力のうちだし、そんなに謙遜しなくても」

真面目だね、と。

今回、十点差で二位だったアディスがそう肩を竦める。

過去問なしで高得点をたたき出した彼やカーナは本当に頭がいい。次に彼らも過去問を予習されたら、簡単に追い抜かされそうだ。

「特待生は伊達じゃないってことだな！」

苦手な教科で何とか点が取れて機嫌のよいイアンが、にかっと笑った。

「そうよ。それでも、満点を取るのはすごいことよ！　わたくしも頑張るわ！」

そう意気込むカーナ。豪華なメンバーなのに、自分に話が集中して照れ隠しにラゼは言う。

「マリー先輩はノーマン先輩を抜かそうと無理をして、今回のテスト途中までしか受けられなかった
そうなので、気をつけてくださいね」

「そ、そうなの？」とカーナが若干引いている。マリーの過激さに気がついたようだ。

ラゼは頷いてから、ここで話を切ろうとハンバーグを一口。

もぐもぐ頬張っていると、フォリアがきょろきょろテーブルを囲うメンバーを窺《うかが》っている。

「あ、あの……」

何か話したいのかと見守っていると、彼女は口を開いた。

「もうすぐ長期休みですよね？」

「そうだな！　久々に家に帰るのか～」

彼女の問いかけにイアンがしみじみ頷く。

「その。もしよろしければ……星祭り、一緒に行きませんか？」

迷いもありつつ、控え目に提案する姿は可愛らしい。一生懸命誘ってくれるフォリアが尊すぎた。

(行きたいッ。もちろん、行きたいよ。フォリアとお祭り!!)

ラゼは思わず頷きそうになるのを必死に堪《こら》える。

軍に戻ったら仕事があるだろうし、カーナの周辺も色々調べないといけないので、星祭りに行けるかわからない。

「いいな！　みんなで集まろうぜ！」

ラゼの代わりに最初に首を縦に振ったのはイアンだった。フォリアの表情がぱあっと晴れ渡るので、彼のノリの良さには感心する。勉強会をやるときもそうだったが、判断が早くて、主体性もあるのでイアンがいてくれると助かった。

「いいわね！　わたくしはいつでも平気よ」

カーナも行けるとくれれば、婚約者のルベンも参加したいだろうし、彼と一緒にクロードも釣れる。

あとは、ルカとアディスが参加すれば、ラゼ以外は楽しくお祭りエンジョイコースだ。

「ごめん。俺は先約があるから、また次の機会に」

しかし、その予想をアディスはぶち破っていく。

(こいつ、天使の誘いをそうも簡単に断るか!?　私は行きたくても行けないのに!?)

自分が行けない分、そう言うアディスに心の中で口が悪くなる。

一応攻略対象なのだから、そこはうんと頷いとけとラゼは内心で吠えたが彼に伝わるはずもなく。

「そうですか……。約束があるのは仕方ないですよね……」

フォリアがしょんぼりしてしまった。ラゼの心は大荒れである。

「僕は空いてるから行くよ」

それを見かねたルカが、励ますようにフォリアにそう言った。

それこそ、乙女ゲームの攻略対象者がするべき反応である。ラゼは内心腕を組んで、頷く。

「ラゼちゃんは？」

最後に尋ねられたラゼは、「是非来て！」というフォリアの視線に負けそうになる。

「……ごめんね。祭りは稼ぎ時だから厳しいや。隙を見て抜けられたら顔を出すよ」

長期休みは軍で働くので、遊んでいられない。

当然ラゼも参加すると思っていたフォリアは、あっと息を飲む。

「ラゼ！」

「へっ？」

すると、それを聞いたカーナが食器を机に置いた。

一体どうしたのかと思えば、カーナが潤んだ瞳で自分を見つめているではないか。

「お休みの間、わたくしの家に来ない？」

「えっ……」

彼女からは思ってもみない反応が返ってきた。

「いえ。是非、来て欲しいの！　もちろんお客様だからわたくしがもてなすわ！」

「そ、それは」

流石、余裕のあるご令嬢はおっしゃることが違う。

あくまで自分の勝手で誘おうとするカーナの言い方には優しさしかない。ラゼが庶民という、この世界ではどうしようもない身分の差を、彼女なりに配慮してくれている。

「いいでしょう？　友達とお泊まり会をしてみたかったの。ベッドも大きいし、一緒に寝ても十分よ！　どう？」

カーナの厚意が温かすぎる。

しかし、それ以上は、隣に陣取っているルベンの目が怖いから言わないで欲しい。

そのうち彼にいじめられるのではないかと、ラゼは気が気でない。

「え、えっと……。お誘いはとても嬉しいのですが、住み込みで働くので。すみません」

大変胸が痛むが、こればかりはラゼにもどうすることもできなかった。仕事が最優先事項である。

「彼女にも予定があるみたいだ。また今度にした方がいいんじゃないかな？」

芳《かんば》しくないオーラを背に、ルベンが助けとは言い難い船を出す。

「そ、そうだったの。無理に誘ってごめんなさい、ラゼ」

「いいえ。私の方こそ気を遣わせてしまって申し訳ないです」

ちゃっかりお泊まりを止《や》めさせようとするルベンをラゼは見逃すことはできなかった。

どうやらルベンはひどく独占欲がお強い人らしい。いかにも乙女ゲームに登場しそうなキャラクターをしている。こちらとしては、彼の目には留まりたくないものである。若干、手遅れな気もするが。

「お休みに働くことがもう決まってたんだね。最近たくさんお手紙出してたけど、もしかしてそれで忙しかったの？」

部屋でラゼが手紙を書いていたことを唯一知ることができる、ルームメイトのフォリア。彼女に尋ねられて、ラゼはそうだよと答えた。

「働くの決まったって言うとちょっと違くて、学園入る前からお世話になってるところだから、仕事に戻るだけなんだけどね」

「！　そうなんだ。どんなことするの？」

「ん～。雑用？　冒険者みたいなことやってる」

場所が少し違うだけで、獣を討伐したり素材を採ってきたりすることは一緒だ。ラゼは嘘に事実を紛らせる。

「冒険者……？」

隣に座るアディスが怪訝《けげん》な声で呟くのが聞こえた。

そのワードに反応したのは彼だけではなく、男子全員の視線が自分に集まるから、少しひやりとする。このメンバーに注目されるのは、身バレのリスクが伴うとクロードの件で学んだ。自分で墓穴を掘らないようにラゼは気を引き締めた。

「危なくないの？」

そう心配してくれるカーナだが、聞く相手を間違えている。

ラゼほど冒険者に必要なスキルを持っている人材もそういない。軍人の道ではなく冒険者になっていたら、きっとそこでも名の知れた人物になっていたことだろう。

「危ない仕事は請け負っていませんよ。もう何年もこの仕事をしていて、結構慣れたので大丈夫です。

稼げるし、人も楽しい人ばかりで良い職場です」

労働時間と環境を除けば。というのは腹の奥にしまい込んだ。決して人に勧めることが安易なものではない。

だいたい食事が終わって、祭りについて話しているとカーナとフォリアが揃ってお手洗いにと席を立つ。

女子ひとり取り残されたラゼは気まずかった。

彼女はカーナとフォリアのおまけなので、彼らと仲がいいとは言えない。

「……殿下」

それでも、この休みの間に何かが起こっては大変だ。

「何だ？」

「絶対にカーナ様を離さないでくださいね。友人として、彼女を泣かせたら殿下でも容赦はしませんよ」

余計なお世話だろうが、これくらいハッパをかけておいた方がいいだろう。

自分で言っておきながら、なんという台詞を言ってしまったんだと恥ずかしくなるが、カーナのためならそのくらいの恥は捨てる。

ルベンは青い瞳を鋭くして、ラゼを探るような目つきで見つめた。

「俺が彼女を離す訳がない。君こそ、カーナを泣かせたらどうなるか覚悟しておいたほうがいい」

いい目つきだ。少女漫画でよく見るやつである。自分のことを「俺」と言っているあたり、本気度を感じた。

（ほんと、怖いんですけど……）

これが冗談ではなく本気で言っているからこそ、ラゼはルベンが怖い。

カーナのためならば、とんでもないことをしだすのではないかという不安。否《いな》、恐怖。

敵に回したら一番手が付けられないタイプだ。彼が皇子だということに加えて、その性格をだんだんと理解するにあたり、ラゼは胃が痛い。「きゃー。かっこいい～」と言える心の広さがあれば、ラゼも乙女ゲームの世界を楽しめるのだろうが、そこまで許容できるモチベーションはない。

とりあえず、直接彼からその言葉を聞けたことには安心した。これでまたこの国の寿命が延びたことだろう。

「そうならないように善処します」

ラゼは不安を悟られないように、ルベンにそう言い切った。

皇子に向けて大分大きく出てしまい、精神の疲労が大きい。できる限り、もうルベンとは接触したくないが、カーナと一緒にいる以上それは難しい。任務が終わるまでの辛抱である。

「水、いりますか」

このタイミングでクロードが空いたグラスに目線を指す。本当にさりげない聞き方で、ぬっとパーソナルスペースに入ってきた彼にラゼは少し驚く。

「ありがとうございます」

疑問に思ったが、既に水差しを持った彼に礼を言った。

水の注がれたグラスが戻って来るのを受け取ると、クロードとばっちり視線が重なる。

「心配せずとも、モーテンス様の周辺も守りは堅いので問題ありません」

カーナのお菓子に毒が混入していたことを知っているクロードは、ラゼの懸念を察していた。

そんな庶民の心配で、自分の主に突っかかってくるなという牽制《けんせい》にも受け取れて、ラゼはこの場から逃げ出したい衝動に駆られる。

(恥ずかしいんですけど⁉ そんなまともな仕返ししないでくださいよ！ 私、痛い人みたい‼)

同じ陰で動くものとして、クロードに親近感が湧いていたのに、裏切られた気分だ。

「なんだ。いきなりなんの話かよくわかんなかったけど、グラノーリはカーナ嬢のこと心配してたのか！」

「ッ⁉」

ある意味でフォリアより天然なイアンにトドメをさされて、ラゼは言葉も出ない。多少の齟齬《そご》はあれど図星だった。

隣ではアディスがくつくつ笑っている。

「君って、変なところで大胆なことするんだね」

自分が笑われているということに、ラゼは居た堪《たま》れなくて耳が赤くなる。

「まあ、カーナ嬢のことが心配になる気持ちはわからなくもない」

喧嘩《けんか》を売った婚約者にも、情けをかけられて大敗だ。

「………さっきの話はなかったことにしてください……」

友人として仲良くさせてもらっているカーナとフォリアは別として、こちらから護衛対象とコミュニケーションを取るなんて、慣れないことはすべきではなかった。

すっかりそれまでの覇気のなくなったラゼの声に、彼女の考えを理解した男子たちの雰囲気は逆に和む。

「カーナ嬢も君が来てくれたら喜ぶだろうから、祭りは無理のない程度に検討してくれ。それと何を心配しているのかは知らないが、ちゃんと彼女のことは守る」

「はい……。失礼しました……」

ラゼは赤みの引かない耳のまま、神妙に頷いた。

ここで彼の言葉を信じられないことが、苦い。ルベンの言葉に偽りなどないのだが、大切な存在である彼らを守らなければならないのは、こちら側の人間。クロードのような側近が言うのならともかく、ルベンに言われても納得はできないのがラゼの思考だ。

(理事長に念押ししておくか)

ハーレンスを通じてなら、ルベンやカーナの警備も厚くすることができるだろう。

休み期間中のために自分ができることは、それくらいだ。

「ただいま。って、どうしたの？」

そこに戻ってきたフォリアがラゼのまとう異様な空気に首を傾《かし》げる。

「んー。特待生が意外に不器用って話？」

アディスが応えて微笑した。

「ラゼちゃんが何かあったの？」

「モーテンスさんを心配するあまり、殿下に喧――」

「ストレインジ様！」

掘り返さないでくれと。ラゼはルカの言葉を遮る。

珍しくペースを乱され必死な彼女に、隠そうとしている内容を知っているメンバーはそれを面白そうに見守っている。

「ふふっ」

すると、カーナの笑い声が聞こえて、ルベンが目を丸くする。

「よかった。ラゼと皆が仲良く話してくれて！　わたくしの大事な友達だから、もっと仲良くなって欲しいと思っていたの」

「あっ、わたしもだよ！」

両手を合わせて微笑《ほほえ》む女神と、屈託のない天使。

彼女たちが笑ってくれるなら、この失敗も少しは報われる。

ラゼは眉を八の字にして、薄い笑いを浮かべる。

「――それで。わたくしがどうかしたの？」

「えッ」

にっこりと。

もう話は終わったと思ったのに、自分の名前が出たことを聞き逃さなかったカーナに見つめられる。

「本当になんでもない話なので、もう勘弁してください！」

ラゼはそこでとうとう白旗を振った。

この面子《メンツ》に自分がいじられることになるなんて、数ヶ月前の自分に言ったら嗤《わら》われることだろう。

それが楽しいかもしれないというのも、きっと、多分。気のせいだ。

3 長期休み

大半の生徒たちが待ちに待った長期休みがやってきた。

フォリアはいつもより早起きをして、丁寧に髪を梳《と》かしたかと思えば、今度は何を着ようかと頭を悩ませてコロコロ表情が変わる。

可愛いなぁと思いながら、ラゼはベッドから降りてしばしの休養に別れを告げた。

今日は自宅に戻ったらすぐに執務室に行き、現状把握から仕事を始める予定だ。

（あー。何もやらかしてないよね……）

部下たちに一抹の不安を覚えるも、さすがに彼らも馬鹿なことはしないだろうと信じてラゼは帰宅の支度を整えた。

「フォリア。お化粧してあげよっか。髪の毛も」

鏡の前であたふたしているフォリアを見かねてラゼは彼女を呼んだ。

「お、お願いしますっ」

照れている天使も可愛いっ！　なんて叫びながらフォリアを仕上げる。

「次、学校に来るときはもう大会だねぇ」

「早いね」

彼女の呟きにラゼは鏡越しに頷く。

実技を極めるため年に二回行われる試合のうち、全校生徒で行う夏のトーナメント戦。バトルフェスタ。休みが明ければ、準備期間を挟み、すぐ大会が始まる。

「そうだ！　相手を倒せる魔法を思いついたんだよ！」

「すごいじゃん、フォリア。モルディール卿もきっとびっくりするんじゃないかな」

「そうだといいな」

「きっと大丈夫だよ」

ラゼはフォリアを励ました。

「ラゼちゃんは？」

「ん？」

フォリアの問いにラゼは首を傾《かし》げる。

「ラゼちゃんのバトルフェスタに来て欲しい人は？」

思わぬ質問に、ラゼはすぐ答えられなかった。

学園に入るには家族や親戚に招待状を渡せばいい。でも、ラゼの家族はみんな死んでいるし、後見人は一応ハーレンスが請け負ってくれているのだが、実際の彼女は自立している。

部下にお膳立てさせるのも申し訳ないし、何よりそんな暇があれば彼らも休みたいだろう。

なかなか答えられないラゼに、フォリアがハッとした表情になり、彼女は慌てて歯切れ悪そうに答えた。

「あー、いるよ？　でも、みんな忙しいから。来るのは難しいかな」

「そ、そっか」

「うん」

それからしばらく無言でいたが、フォリアが口を開く。

「ラゼちゃん。お土産たくさん買ってくるね」

「本当？　それは楽しみだな。あ、それなら甘いものがあると嬉しいな～なんて」

「わかった！　楽しみにしててね！」

「うん。……よし、できたよ」

髪のセットも終わり、鏡には五割増しでとってもキュートなフォリアが映る。

彼女にはカーナと自分のためにも、しっかりモルディール卿の心を掴んできてもらいたい。

終業式でホールに集まった全校生徒は、それぞれ私服姿に荷物を持っている。

式が終わり次第、ここで行きと同じ場所に転移されることになっていた。

これからは自炊など、何でも自分でしなくてはいけないのが少し億劫《おっくう》に感じてしまうが、またしばらくすれば学園に来られる。三週間なんてあっという間だ。

ホールで理事長の話を聞き終えれば、帰宅の時間がやってくる。

カーナはウェンディたちといるので、フォリアと一緒に転移を待つ。

「またね、ラゼちゃん」

「うん。元気で！」

発動の光に包まれ、ふたりは手を振った。


光に包まれ目を瞑《つむ》れば、次に視界に入るのは真っ暗な部屋。

だんだん暗い部屋に視界が慣れて、久しぶりに帰ってきた我が家に挨拶する。

数日閉め切った部屋独特の臭いが、自分のあるべき生活に戻ってきたことを実感させた。

「……ただいま」

返事が返って来ないのには慣れたはずだったが、つい先程までフォリアといた寮を思い出すとちょっぴり寂しく思う。

「さてと。準備しますか」

ラゼはカーテンを開けて部屋に光を入れ、荷物を片付ける間だけ換気をした。

学園に行くときも荷物は少なかったが、帰りはそれよりも荷物を減らしてきたので、すぐに整理は終わる。

服を着替えて、髪も質素にまとめ、出勤の準備を整えた。

少しでも早く仕事をこなせば、フォリアたちの様子も見にいけるかもしれない。

帰宅早々、一息つく間もなくラゼは軍人に戻った。

「いってきます」

学園で支給されたものとは違って、使い込んだ仕事用の四角い鞄を持って転移する。

ついた先は、書類の山に埋もれたクロスが顔をあげるところだった。

「おはようございます。大尉」

「お、おはようございます！　代表！」

クロスはパッと顔を輝かせた後、溜まった書類を見て頭を掻く。

四ヶ月ぶりに戻ってきた軍部は相変わらずの様子だ。

「私がいない間、問題は起きなかった？」

「……ハイ。なんとか。討伐はいつもよりは負傷者が出ましたが、死者はいません」

「うん。それは良かった。さすが大尉だよ」

ラゼは席に荷物を置いて早速報告書に目を通す。

「ん？　結構遠征に行かされちゃったみたいだね？　指揮官として、部隊の様子を見て、無理そうだったら無理だとちゃんと断ることも大事だよ？」

書類をめくるラゼに、クロスは「ハイ」と答えるが、合同訓練でひと暴れしちゃったせいで厄介払いされましたとは言えなかった。

「それじゃ、本部まで報告しに行ってくる」

「かしこまりました」

だいたいやる事を把握してから、ラゼは次に参謀本部に飛ぶ。

「討伐部ラゼ・シエス・オーファン中佐であります」

「入れ」

中に入るといらっしゃるのは、麗しき死神閣下。ウェルライン・ラグ・ザースが、資料が積まれた机でペンを置き、その特徴的な銀色の瞳をあげた。

「久しぶりだね。ハーレンスから話は聞いている。やはり君を送ったのは正解だった」

（やっぱり、本物のほうが色気がヤバイな……）

久々に見たウェルラインの色気に当てられそうになるが、ラゼは瞬時に心を無にする。

「うちの息子の面倒も見てくれているみたいで助かったよ。誰に似たんだか、なかなか素直じゃなくてね。殿下と争わないように気を遣うのが嫌なのか、大したこともできないのに騎士団に入るなんて言うから、セントリオールで何かしら一位を取ったら認めてやるって言ってあるんだ」

「大変優秀なご子息かと。今、騎士団に入っても何ら問題なくついていけると思いますが」

閣下の顔がいなくなるのは嬉しいので、是非とも騎士団に入団して欲しい。

本音を隠しながら、彼女はアディスのことを褒めた。

「ハハ。気を遣わなくていいよ？　君にもそうだけど、剣術の特別指導でボコボコにされていることは知っているからね。これからもあの子が天狗にならないよう、鼻を折ってやってくれ」

息子がボコボコにしばかれていることを笑顔で話す親とは、如何《いかが》なものか。

意外にアディスも苦労しているのかもしれない。

「さて。与太話はここまでにして。その後どうだ」

声色が変わったウェルラインに、ラゼも背筋を伸ばした。

「ハッ。報告致します。モーテンス嬢の作ったお菓子に混入された毒についてですが、製法は難しいものの、学園内にあるものと上級の魔法で作ることができる物だと判明しました。商店街や医務室の在庫に怪しい変化はありませんでしたが、図書館で作り方の書かれた書籍の貸し出し履歴を見たところ、丁度その製法が書かれた本が一冊貸し出し者不明でなくなっていることがわかりました。学園関係者が犯人で間違いありませんが、まだ特定はできていません」

「そうか」

「ビレイン理事長の許可を頂き、学園内にトラップを仕掛けることにしました。同時に今回毒物を口にする可能性があった生徒の皆さんの所に、いつでも駆けつけることができるよう、秘密裏にではありますが、私の魔法を既にかけてあります」

「……仕事が早いな」

そこまでしなくても――否《いな》、普通そのレベルの警備を固めることが難しいのに、簡単そうに言ってのけるラゼ。ウェルラインは思わず感嘆のため息を漏らす。ひとりでやるべき仕事の量を逸脱している。

「いえ。早急に犯人を見つけ出し、生徒の皆さんに不安な思いをさせないようにする事が私の任務であります。この長期休みでは、教師、清掃員、調理師、商店街の住人についての情報を洗い直す予定です」

全く手を抜かず、先のことまできちんと考えている優秀な部下に、彼は首肯した。

「把握した。同時にハーレンスとバトルフェスタの警備についても話し合って欲しい。それとラゼ・シェス・オーファン。君にバルーダにて未開拓の、ゾーンXVの入地を認める。時間ができ次第、調査を頼む」

「ハッ」

やる事が多すぎて、すでに目が回りそうだ。

二週間と少しの休みで一体どこまでできるだろうか。

ウェルラインは立ち上がり、机の横に立つ。

何をしても絵になる人だなと、ラゼはそれを見る。

「グラノーリくん。学園は楽しかったかい？」

そんな事を聞かれるとは思っていなかった彼女は目を丸くした。

「は、はい。色んな生徒さんがいらっしゃって、毎日新鮮な気持ちで楽しく通わせて頂いております」

「そうか。それは良かった。その調子で友人たちのことをサポートしてあげてくれ」

「はい――」

ラゼはウェルラインの部屋から出てから、一つ息を吐く。

まるで親みたいなことを言うので驚いた。

（あ、そう言えばあの人も一応父親なのか）

子持ちとは思えない雰囲気なので、ついついアディスのことを忘れてしまう。

「調子狂うなー」

ラゼは頭を掻きながら、仕事部屋に転移するのだった。


部屋に戻ると、ラゼはクロスに呟く。

「学園にいると外の情報がなかなか入ってこないのが難しいところなんだよね」

「隔離されてますからね……」

シアン皇国のどこかの領地にある学園。

場所を予想することはできるが、候補はいくつもあって絞り切ることができない。

あれだけ広い敷地で、闘技場まで持っているのだから簡単に見つかってもおかしくないのだが、未《いま》だに特定されていないとなると、この国に本当にあるのかも怪しい。

そんな環境なので、外界の情報を得るのは新聞か外からの手紙に頼ることになる。

ラゼもクロスとやり取りをしていたが、軍人の文通なので書く内容も限られる。何かのミスで流出したり、中を確認されたりしては、日常の話ですら身バレの危険があった。暗号を使うこともあるが、それで世間話をするのも滑稽《こっけい》だ。本当に重要な伝達事項はハーレンスが仲介してくれる。

そんな訳で、手紙で詳しいやり取りはしていないので、彼女は浦島太郎状態だった。

「まずは私がいない間何が起こったか、確認からしないといけなそうだ」

ふうと小さくため息を吐《つ》くと、クロスは作業する手を止めた。

「帝国の動きが怪しいという話は、もう耳にされましたか？」

彼の真剣な声色に、ラゼは呆れた顔で返す。

「あの国の動きが芳《かんば》しくないのは、いつものことだけどね」

一体いつになったら、侵攻を諦めるのだか。

国境線の警備は軍の中でも重要な任務になっているが、事件がなかったことのほうが少ないのではないかと言われるくらい、国境警備部の軍人たちは忙しい。害獣の相手に加えて、人の相手もしなくてはならないのだから、ご苦労なことだ。大抵の場合、新人は必ずこの部に配属されるので、皆その現状は理解している。

「そうですね。いつものことなのですが、オルディアナではなく、バルーダでの接触が頻発するようになりました」

「え……」

この大陸のことならいつもの話。しかし、無秩序と言っても過言ではない、魔物たちの巣窟で先行しているシアンにマジェンダが絡んでくることは今までになかった。

バルーダはオルディアナ全体と同じ広さの大陸だ。被せようとしない限り、他国の部隊とぶつかることはまずない。マジェンダの拠点ともそれなりの距離があり、向こうにとってもわざわざリスクをとってこちらに人を寄越すメリットはないのだから。

「こちらの出方を見られています。戦力を測りに来ているようです。見つけた奴らは牢屋行きにしてますよ」

また頭の痛くなる話が増えた。

ラゼは戦場を脳裏に浮かべて、苦い顔をする。

「大人しくなったと思えばすぐこれか……」

辛苦のにじむ彼女の言葉に、クロスも口を結んだ。

「そうだよね。戦力が足りなくなったから大人しくしてるだけで、回復したらまた攻撃してくるんだ……」

目的や動機は単純。自国のためという大義のぶつかり合い。

これだけ無意味な戦いを繰りかえすマジェンダの皇帝を諌《いさ》めるものは誰もいないのかと、ラゼからはもはや呆れた感情しか出てこない。

「捕らえた捕虜たちはどうなってる?」

「それが……。そちらもカオスなことになっていまして」

「うん……?」

雲行きの悪い流れになってきた。彼女は顔をしかめるクロスに視線を合わせる。

「彼らは魔法にかけられて操り人形状態。魔法の解除に成功したものは、自分の意識を取り戻すと帝国から助けてくれと縋《すが》ってくる始末で……」

それを聞いてラゼの眼光は鋭さを増す。

「帝国はそこまで堕ちたのか。そんな魔法を使う奴が出てきたからには、早く対策を練らないと」

もし、味方がその魔法にかかって操られでもしたら、戦況はどうなることか。

操られた人間が送り込まれるなんてことになったら、こちらの兵たちの士気がそがれる。

他にもそれがどれだけ面倒で手強《てごわ》い相手になるという理由はあるが、敵の戦略には対抗できる手段をもっておかなければならないことには変わりない。

「魔法研究部が尽力していますが、どうやら新種の魔法のようで。完全な解析には時間がかかるかと」

「……わかった。この前の大きな衝突では禁術掘り返してきたからね。向こうの魔法開発も侮れないってことか。そんな人材はこっちに引き抜きたいよ」

ジョークを挟むと、クロスには気まずそうに微笑された。

「禁術は文献があったのですぐに対応できましたが、今回は大変そうです」

「精神に作用する系統の魔法が得意型になるのは、人口の十五パーセントにもみたないからね。マイナーなところを攻めてきたって感じだ。兵士操ろうとするなんて、帝国はどんな倫理観してるんだろ」

近いうちに、また招集がかかりそうだと思いながら、彼女は机の上の資料に手を伸ばす。

(……戦争に倫理も何もないか……)

前世の知識が疼《うず》いたのを、彼女は頭の端に押し込む。

魔法という踏み台によって大人と子どもの能力が並ぶことができる世界とはいえ、今や自分も少年兵として働いているのだ。正直、皇国を棚上げすることもできない。

「……確か、代表も昔は帝国に潜入してたんですよね?」

「そうだよ。その当時は帝国民もまだ資源に余裕があったみたいだから、やる気満々だった。他の地区は見られてないから雰囲気はわからなかったけど、少なくとも主要な地区ではそんな感じだったよ」

　懐かしそうに目を細めるラゼに、クロスは何とも言えない気持ちになる。

　自分より小さな少女に昔を語られるのだ。違和感を抱いても仕方がない。

「今はどうなんだろうね。兵士を無理やり従わせているとなると、そろそろ国民が黙ってないんじゃないかな？」

　冷静に分析するラゼ。久しぶりに帰ってきた彼女はあまりにも、軍人としての振る舞いが身に沁《し》みついていて、クロスは彼女が今の今まで学生に混じっていたということが信じられない。

「代表。お変わりないですね……」

　しみじみとした彼の感想に、ラゼはきょとんとした。

　問われるような視線に、クロスは言葉を続ける。

「ラゼ・グラノーリの経歴については、ご指示通り変更を加えておきましたが、学園生活はいかがでしたか？」

「……？　楽しく学生させてもらってたけど……？」

　クロスの言いたいことがよくわからなかったラゼは、疑問符を浮かべたまま応える。

「軍人だとは全くバレませんでした？」

　通常の任務だったらまず聞かないような質問を、クロスは口にした。

「ん～。ひとつ事故があった時に、教師にはひとり割れちゃった。でも、学生たちにはバレてないと思うよ。戦闘経験があることを察してる子はいそうだったから、冒険者としての活動を偽装してもらう手配は頼んだけどね」

こういう時に冒険者っていう肩書きは使い勝手がいいよな、なんて呑気なラゼに、彼は少し驚く。

「手紙を読んでも感じていましたが、結構距離が近いんですね。今回」

完璧に仕事をこなすラゼが後付けのような対処をすることは、あまり見ない。

万全の対策をしてから臨むのが彼女の尊敬できるところなのだが、今回は勝手が違うらしい。

「そうだね。私も本当は教室の隅で気配を消していたかったんだけど、そう上手くはいかなくて。かなり距離感が難しいというか、なんなら間違えたかもしれないと思ってる」

自分のこなしたことについてネガティブな発言をするのは珍しかった。

なんでもそつなくこなす彼女でも、経験の薄い環境での任務は上手くいかないこともあるのかと、クロスには印象に残る。

「でも、すごい方たちとご友人になられたようで、よかったですね」

「…………そうかな……」

鈍い答えに、クロスは思わず彼女の顔色を窺《うかが》う。

注目したときにはラゼの視線はすでに、書類に向けられていた。集中しているのがわかったが、今の答え方には含みがあった。

平穏な任務に見えたそれは、もしかすると彼女にとっては難しいことだったのかもしれない。

クロスはそれ以上学園について何かを尋ねることはしなかった。

数日後。

「さあて、諸君。シアン皇国の国民として、もちろん今日が何の日か知ってるよね？」

戦闘服に着替えたラゼ・シェス・オーファンが第五三七特攻大隊の先頭に立ち、声を上げる。

彼女のまとう覇気は軍の「代表」と呼ばれる者に相応《ふさわ》しく、自分より倍以上体格が良い男たちを前にしても存在感というものがあった。

「そう。昨日から三日間が星祭りのメイン。中日の今日は一番の盛り上がりを見せるというのに、私たちがいるのは魔物たちのパラダイス！」

いつも以上に気合が入ったお言葉だなーと、小さな隊長を見つめる仲間たちだが、久々に彼女と一緒に仕事ができるので士気は上がっている。

「私はぁ！　現在遂行中の任務で、軍に足りないものを見つけた！　ボナールト大尉！　何だと思う!?」

「え!?　せ、青春でありますか？」

いきなり振られたクロスは苦し紛れに答えた。

「……くさいこと言うねって、違う！　むさ苦しい軍団に青春求めてどうする！　私たちに足りないのは――――癒しだ！」

そう断言する彼女は、最近三時間睡眠しか取れていないので疲れが一周半くらいしてテンションが高かった。

「天使や女神に囲まれて、美味《おい》しいご飯を毎日食べるだけで、人とは強く生きることができる！　そういうわけで、今回の任務はノルマ制にします！　各自ノルマを達成した者からオルディアナに帰って、星祭りに参加するべし！　奥さんやお子さん、恋人に癒されて来い!!　彼女がいない奴は、これを機に当たって砕けろ！　それ以外は祭りを楽しむこと！〈月の滴亭《しずくてい》〉にお金は出してあるから、好きなだけ飲んで食べちゃってください！　以上！」

「おお——!!　代表（隊長）——!!」

羽振りの良い隊長に、男たちが吠える。

正直、冒頭の内容はよくわかってはいなかったが、休みは自分でもぎ取れと言っていることは理解できた。

「さすが代表！」

「よっしゃあ。早く帰るぜ！」

「奢りとか、最高かよ！」

彼らは盛り上がった勢いのまま、ゴキゴキと関節を鳴らして戦闘態勢に入るが、パンパンと、ラゼが手を叩くと一瞬でその場は静まった。

「呉々《くれぐれ》も怪我をしないように！」

「「応!!」」

それを合図に、大隊はバルーダを駆け抜ける。

「やっぱり、代表なんだよな！」

移動しながらハルルがクロスに話しかけた。

「そうだな。みんな生き生きしてる」

「それはお前も含めて、な？」

「ああ」

クロスは口角を上げると、炎の魔法で魔物を焼き払う。

「代表がいると、好き勝手やれるからな」

ハルルも楽しそうに笑った。

ラゼは自分の隊員たちに、マーキングを施しているので、危険を察知すればすぐに飛んできてくれるし、逆に安全地帯に送り返してくれる。

彼女のおかげで多少の無茶をしても、今まで生き延びてこられたのだ。

経験値も他の隊の倍のスピードで積むことができるため、ひとりひとりが中隊長レベルの実力を持っている。

「シアンの百鬼夜行」とは、まさしく彼らのことであった。

獲物を見つけては振り払い、進行を邪魔するものは我先にと蹴散らす。

五三七特攻大隊は魔石を回収するとき以外、その足を止めることはなくバルーダの深部へ向かって進んでいた。

「いなくなりましたね」

「そうだね。撒いたというよりは、ついてこられなかったみたいだ」

ラゼは隣までやって来たクロスに頷く。

「無視してよかったんすかって聞こうと思ったんですけど、あっという間に食われてましたね」

ハルルはべぇっと舌を出して、表情を歪める。

噂に聞いていたマジェンダの偵察につけられていたのだが、彼女たちに近づきすぎて、危険度の高い魔物に排除されていた。

ここまで来るのも一苦労だっただろうに、追おうとした部隊が彼らだったのが運の尽きである。

「そろそろノルマは達成できそうかな?」

「オレはもう終わりました!」

「……もう?」

ハルルが満面の笑みで即答するので、ラゼは目を丸くする。

この部隊きっての戦闘狂である彼には、人より多くの魔石回収を命じたはずだったのだが、それでもまだやり足りないらしい。

「また腕をあげたみたいだね?」

「代表がいない間は基礎練って感じだったんですけど、それがよかったのかもしんないです」

自分のノルマはクリアしているが、彼はまだ帰るつもりがない様子。

飛び掛かってくる魔物を切り裂いた。

「私もそろそろ切り上げるよ。もうひと暴れしたいなら今のうちに」

「了解でーす」

ハルルは軽く返事をすると、敵陣の中に飛び込んで行った。

「大尉は？」

同じくノルマを終わらせたであろう副官に、彼女は尋ねる。

「わたしも最後まで残ろうかと。代表はこの後も任務が続きますよね？」

「そうなんだよ。今年は祭りに参加するのが難しいみたい。羽目を外しすぎないように楽しんでくれる？」

「そちらのほうはお任せください。本当は今日、セントリオールの学生さんと会いたかったんですよね……。すみません。お力になれず」

気を遣ってくれるクロスにラゼは頭が上がらない。

「大尉が気にすることではないよ。私がいない間よく働いてくれているし、軍にいられる間はしっかり働かないと」

彼女はそう言いながら、死角から襲われそうになっている部下にナイフを投げて援護する。

「ありがとうございます！」

フォローされたことに気がついた部下は、元気よく礼を言ってくる。ラゼは軽く手をあげてそれに返事をした。

「隊長、お先に失礼します！」

「うん。お疲れ様！　楽しんで！」

「はい！」

ひとり、またひとりとノルマをクリアして帰宅する中、ラゼは全員が任務を終えるまで彼らを見守る。

これが終わったら、今度はひとりでゾーンXVまで行き、どんな地形でどんな魔物が生息しているかを調査する。

今のところ、ラゼだけが許された仕事であり、彼女のおかげで安全に魔物討伐が行われていると言っても過言ではなかった。

「代表。終わりました！」

「よし。お疲れ。怪我はしてないね？」

「はい」

「じゃあ、ちゃんとシャワー浴びてからデートに行くように」

「おっす！」

最後のひとりを送り出し、クロスに後を任せると彼女は自分の仕事に取り掛かる。

「今日はゾーンXIVから三キロまでを調べるか。早く終わらせて、今日は寝たい」

ラゼも自分にノルマを設けて、ゾーンXIVまで一気に移動した。

ここにはオルディアナにはいない、馬鹿みたいに強い魔物がうじゃうじゃいるのだが、彼女はそれをまるで肉を捌《さば》くようなノリで倒して前に進んでいく。

部下の安全に注意を払っていた先ほどまでとは異なり、かなりハイペースな進捗《しんちょく》だ。

新種らしきものは、研究所にテレポートさせて、未知の地域は地図を作成する。

他の国もバルーダに進出しているが、ここまで中に入っているのは彼女くらい。人に会うはずもなく、移動のプロなので正体を知られることなく探索を進めることができている。

「んー。帰ったら地図を書き直さないと駄目だなー。いっつもアバウトで申し訳ないと思ってたんだけど、せっかくだから学園で地図の書き方覚えよう」

ラゼはだいたい作業を終えて、オルディアナに帰還した。

ディーティエに頼まれていた分のサンプルは、あと送るだけになっている。なかなかいいペースで仕事はできていた。

自分の仕事部屋で事務作業を終えると、暗くなった窓の外には花火が打ちあがるのが見えた。

今頃祭りの盛り上がりは最骨頂なのだろう。

(イベントだと、フォリアと対象者が手をつないだり、食べ物分けたり、髪飾り買ってもらったりするって書いてあったな)

ラゼは手を止めて乙女ゲームのシナリオが書かれた予言の書を思い出す。

カーナの綺麗な字で書かれたそれは、誰とどんなイベントが起こるのかに加えて、ところどころすごく細かく記載されていることがある。

あれだけ思い出せるほど印象に残っていたのは、もしかするとカーナの前世の自分が体験してみたかったことなのではないかと邪推したことがあった。

カーナの前世がどんなものだったのか、ラゼは知らない。

しかし、自分自身、前世の知識がアウトプットされる能力があるので、ラゼは花火を見ると浴衣や日本の食べ物の情報が頭に流れこんでくる。

祭りと言えばこれ。というベタな展開は、ゲームを知らなくても察することができるのは、特別なことのように思えた。

(カーナ様が祭りにちゃんと参加さえできれば、多分殿下がなんとかしてるでしょう)

ラゼは頬杖を突くと、ルベンのアプローチに慌てふためくカーナが簡単に想像できてにへらっと笑った。

直接その現場を見ないくらいが、こちらも過剰な糖分を摂取しなくて済むので嬉しいものだ。

彼女は窓から視線を戻すと、再び書類と向き合う。

(フォリアはあの面子《メンツ》で誰としゃべるんだろ。ストレインジ様、イアン様あたり？)

握ったままのペンはなかなか文字を書き出せなくて、ラゼはふうと一呼吸置いた。

本当は仕事がなければ行きたかった。今、こっそり抜け出して見に行ってしまおうか——。

そんな考えが頭をよぎった時だった。

部屋の扉がノックされる。

「どうぞ」

姿勢を正してそちらを見ると、現れたのは魔法研究部に所属している研究員。

「オーファン中佐殿。夜分に申し訳ありませんが、実験監督として同席していただけませんか……」

ラゼよりはるかにげっそりした男は、泣きそうな顔で頼み込む。

魔法研究部が繁忙期なのは、ラゼも知っていた。自分より大変そうな彼らを見て、彼女は祭りのことを頭から消す。

「わかりました。今行きます」

「ありがとうございます！　中佐殿!!　室長がハーバーマス様と喧嘩《けんか》して大変なことになっていまして」

非常に喜ばれて、ラゼは重い腰をあげる。

「また喧嘩したんですか？　相変わらずですね……」

「はい。もう、ここはオーファン中佐殿に来ていただくしか止める術《すべ》はなく……」

研究室がどんな状況になっているのか想像がついた彼女は、彼のもとで働く研究員たちに同情する。

（ここの研究者にはならなくてよかったかもしれない）

ラゼは開けたままだったカーテンを閉めてから、彼の後ろをついて行った。


その日、自宅に転移するころには薄っすら空が明るくなっていた。

家に帰ると、彼女は倒れ込むようにしてベッドにダイブ。

まだバトルフェスタの警備について話せていないし、〈影の目〉のミッションが重なってしまったので、仕事が減らない。

「カーナ様たち、ちゃんと楽しんだか、な……」

ラゼはそのまま眠りに誘《いざな》われていった。

幕間　星祭り

「友達？　それは男もいるのか？」

金色の瞳がギラリと光り、フォリアは身体《からだ》を固まらせる。

「……え、と。男の子もいますが、みなさん話しやすくていい人ばかりですよ……？」

教会に戻ってきた彼女は、ゼール・イレ・モルディール枢機卿《すうききょう》に捕まっていた。

彼に許可を取る必要など全く考えておらず、普通に送り出してくれると思っていたので、引き留めるような反応にフォリアは驚く。

今まで同年代の男の子とはあまり交流もなかったので、ちゃんと馴染めているのか心配されているのかもしれない。

「みんなでお勉強会もしたことがある仲なので、平気です。カーナ様と遊ぶのも楽しみにしていたので、安心してください！」

学園では上手くやっているという事をアピールしたかった彼女の言葉に、ゼールの表情は強張《こわば》る。

「……手紙で話していたクラスメイトもいるのか？」

「ラゼちゃんですか？　彼女は今回お仕事が忙しくて、来られるかわからないって言ってました」

するると、ゼールの眉間の皺は深くなった。

「……どうしても行きたいんだな？」

「はい。わたしから誘わせていただきましたし、是非とも行きたいです」

こくこくと、フォリアは首を縦に振る。

ゼールは少しの沈黙の後、おもむろに懐を探って何かを取り出す。

「手、出して」

「？　わかりました」

言われた通り、左手を差し出すと、その小指にリングが嵌《は》められる。

「これ……！」

突然のプレゼントにフォリアはぱあっと目を輝かせた。

「なくすなよ。何か困ったことがあったらそれが助けてくれる。貴族の周りは危険も少なくない。十分気を付けて行くんだぞ」

「ゼール様！　ありがとうございます!!」

フォリアは満開の笑みで喜んだ。

そのリングは、いつ渡そうかとタイミングを見計らっていたゼールのポケットの中で何日も眠っていたことを彼女は知らない。

好意を寄せている彼から、こうして自分のために直接何かを渡される喜びで、気持ちはいっぱいだった。

「大事にします……」

フォリアは小指で光るそれを、大切そうに眺める。

いつまでこうしてゼールの傍にいられるか、確定している未来はない。

今は一生懸命勉強して、彼と少しでも近い場所に行けるように努力することしか自分にはできなかった。

フォリアは教会に捨てられた孤児。

学園を卒業するときに、教会を出るか、そのまま聖職者を目指すかを選ばなければならない。

将来の進路の幅を広げるためにも、成績を残す必要があった。もう、子どもではいられない。

何より、学園に通うお金を出してくれているのはゼールだ。彼には幻滅されたくなかった。

いつまでゼールが後見人として自分を援助してくれるか、わからないのだ。

フォリアはピンキーリングのついた左手を右手で包み込み、祈るようにしてそれに感謝した。


祭り当日。

ラゼが休みにもかかわらず休みなく軍で働いているころ、フォリアはシアンの首都で開かれる星祭りに参加する。

定期市や集会に利用される公園には沢山の屋台が並び、多くの人々で賑わう中、カーナと一緒に星祭り伝統の衣装を着て祭りを楽しむ。東の島国から伝わったと云《い》われるその衣装は、鮮やかなデザインにアレンジされているが、浴衣そのものである。

カーナの隣にはその整った顔を隠すための変装をしたルベンがくっつき、他の少年たちもどこか浮き足だって、祭りの空気に酔っている。

変装をして庶民に紛れた彼らから一定の距離を置いた場所には、私服の護衛たちが目を光らせていた。

「ん～！　おいひい！」

屋台の料理に舌鼓《したつづみ》を打っては買い物をして、一行は祭りを満喫する。

「フォリアさん、あれを見て」

「わぁ。可愛いですね！」

可愛らしいキーホルダーを見つけて目を輝かせる。

「三つ買ってお揃いにしない？」

「いいですね！　あ、さっきラゼちゃんに似合いそうなお洋服も見つけたんですよ！」

「わたくしもバッグと靴を見つけたわ。今度買いにこようと思って」

ここにはいないもうひとりの大事な友を思い浮かべて、ふたりの話は盛り上がった。

「そういえば、ラゼちゃんの誕生日っていつなんでしょう？」

「わたくしも知らないわ……。学校が始まったら聞いてみましょう」

「はい！」

ラゼとは然程《さほど》交流がない男子たちは、彼女を思ってはしゃいでいるフォリアとカーナを見て、顔を見合わせる。

「グラノーリって、どんな奴？」

ルカはフォリアに尋ねた。

「えっ。ラゼちゃんは、すごく頭が良くて、周りがよく見えていて、いつも頼りになる凄くカッコいい友達です！」

「そうね。そこら辺にいる男性より、よっぽど頼りになる女の子。甘いものが大好きで、美味《おい》しそうにご飯を頬張るのはリスみたいで可愛いの」

「あ！　それ、わかります～！　お土産、何を買っても喜んでくれそうだなぁ～」

どうしてだか、敗北感を覚えたルベンを始めとする攻略対象者の方々。

後期が始まったら、もう少し彼女の評価を変えていく必要がありそうだ。

「本当に何でもできる人っているんだなって感じだよな！　オレ、朝グラノーリのこと見かけるけど、すんごい動けててびっくりする」

現場に戻ったときに身体がなまってはいけないので、ラゼは毎朝トレーニングをしている。

イアンはその姿を見かけることが何回かあったが、魔法を使わずに基礎体力だけであそこまで跳んだり走ったりするアクティブな女子は見たことがなかったので衝撃も大きかった。当たり前のように前方宙返りは何回転も続けられるし、後方宙返りも抜かりない。初めて見た時は開いた口がふさがらなかったものだ。

「魔石の起動もほぼラグがないし、使い慣れてるよね。この学園で特待生になれるなんて、今までどんな生活してたのか気になるね」

ルカはずっとその点が気になっていた。

それを聞いて、フォリアとカーナは目を見合わせる。

「ラゼちゃんはフォーラス出身なんです。血のつながった家族はもういないって言っていました」

ルカが本人にそう尋ねてしまう前に、フォリアがラゼから聞いた話を口にした。

初めて耳にする話に、その場にいたメンバーは揃って目を見開く。それが何を意味しているか理解できないものはいない。

「彼女は自分からは絶対に言い出さないけれど、頑張り屋さんなの。もし機会があったら、是非お話してみてください。すごく頼りになる子だから」

カーナも後から付け加えた。

話題を作ったルカは、眉根を寄せる。想像よりはるかに話が重かった。

「本人に言う前に知れてよかった。ありがと」

「いえ。ラゼちゃんも、そういった過去を全然感じさせないから、わたしもたまに間違えそうになります」

一番ラゼの近くにいることが多いフォリアは苦笑する。

ラゼといると、自分の当たり前だと思っていることが急に言葉の刃《やいば》に変わる。その度に、ラゼは傷ついた素振りも見せずに返してくれるので、こちらに向けた気遣いに心が苦しくなる時があった。

今もこうして遊んでいる間に、彼女は彼女の生活をしている。

カーナとフォリアは目星をつけた品物を購入した。

「フォーラス出身か……」

静かに話を聞いていたルベンも思うところがあって、小さく呟く。

「もう五年前になるか」

「はい」

斜め後ろを歩くクロードが肯定した。

「ルベン様は、フォーラスの復興イベントに参加されてましたね」

なんのことかわかったカーナにルベンは続ける。

「攻防戦が終わって一年くらい経ちそうだったが、まだ砦の修繕が途中で、家屋の瓦礫《がれき》も残っていた。転移装置の復旧に手間取ったのが大きな問題になっていたのを覚えている」

ルベンは過去の情景が目に浮かび、あそこにラゼがいたのかと重い気持ちになった。

自分の身近にあの争いの被害者がいたことが、冷たい水で目を覚まされたような感覚になる。

「グラノーリも人一倍努力してるから、いろんな成績がいいってことだな。オレも後期からはもっとしゃべりかけてみよ！」

イアンの明るい言葉に、祭りの賑やかな音が耳に戻って来る。

「お前ら、代表がいないからって馬鹿騒ぎするなよ！」

「ええ～。代表、顔も出せないのか？」

鍛えられた身体をした男たちが前方から歩いてくる。

カーナの横を通り過ぎようとする彼らから遠ざけるように、ルベンはそっと隣を歩いていた彼女の手を握ってエスコートした。

「あ。来れねーの？　確かに忙しそうだもんな。じゃあ、代表が好きそうな屋台の食べ物買って、届けにいこうぜ。そんで一番のお気に入り買ってきた奴が優勝な。負けた奴は勝った奴の言う事聞くってことで」

「おッ。言ったな、お前！」

「そういうのは言い出した奴が負けるんだぞ～」

「はぁ～!?」

がやがやと、男たちの声は騒ぎに溶け込んでいく。

次第に店の照明が明るく感じる時間になってきたが、祭りはまだまだこれからだ。

活気にあふれた人混みの中、カーナは握られた手に赤面し、フォリアは教会にいた子ではなく友人と行く初めてのお祭りに始終楽しそうに笑っていた。

◆

乙女ゲームの攻略対象者でありながら、ひとりだけ祭りに参加しなかったひとがひとり。

一足先にラゼに敵対心を向けていた死神閣下の息子、すなわちアディスは「女の子たちと星祭りに行く」と口では言っていたものの、実際には星祭り当日、自宅にいた。

「さあ。アディス。まだ行けるわよね？」

豪邸の庭に膝をつく彼は、目の前に立ちはだかる同じ色の短い髪の女性を鋭い目で見上げる。

「女の子に負けてちゃ、男としての威厳ってものがねぇ？　立ちなさいな」

アディスの身体は既にボロボロだったが、とある庶民の娘に本気を出して負けたことを思い出して立ち上がった。

「お願いします」

「よろしい」

剣を構えた息子に、彼女の唇が弧を描く。

彼女こそアリアンヌ王国の姫様で、「難攻不落の戦乙女《いくさおとめ》」と恐れられたバネッサ・ラグ・ザース、その人である。

夫から息子の学園生活について聞き出していたバネッサは、潜入中の軍人少女に負かされていたことを知っていた。

自分に似て負けず嫌いなことは知っていたが、夫に似て無駄な争いを嫌うアディスはなかなか力を発揮しようとしなかったので、これはいい経験をしたのではないかと思っている。

まさか、自ら稽古をつけてくれと頼んでくれる日が来ようとは――。

バネッサは息子の成長が嬉しくて、ついつい剣に力がこもる。

「アディスは、その女の子のことが好きなの？」

「っ！　違います！」

一体何を言い出すんだ、とアディスは剣を捌《さば》きながら反論する。

「え。そうなの？　お母さん、強い女の子は歓迎するわよ？」

――それはご自分が、「乙女」とは言えないほどお強いからですか？

アディスは言葉をぐっと飲み込む。

おしゃべりしながら余裕で剣を振るう母は、現役に比べれば衰えたとたまに口にするが、未《いま》だに彼女に勝てるイメージが掴めなかった。

男の威厳がどうこうと言っているが、絶対父親より母親のほうが武力的には強い。

「俺はっ。次当たった時に、またあいつに負けたくないだけですっ」

「そうなの～？　それじゃあ、お母さんを倒せるくらい強くなったほうがいいわ！　そうしたら大抵の相手には勝てるから！」

「クッ！」

アディスは何とかバネッサの横薙ぎを受け止める。

言ってることは無茶苦茶な気がするが、事実なので何も言い返せない。

次に、横から水の弾丸が襲ってきて、アディスは辛《かろ》うじてそれを避ける。

「そんなんじゃ、騎士団に入っても苦労するわよ～」

バネッサの挑発を、アディスは冷静にかわした。

「わかってます。俺はもっと強くならないといけない」

闘志に燃えるアディスに、バネッサはウェルラインが彼を学園にいれたのは正解だったのだと思い知る。

何より、この国で一番とも謳われるあの『狼牙《ろうが》』と一緒の空間にいられることが、アディスにとってどれだけ恵まれていることか。

本当は彼女の正体を知って、ちゃんと学びを得て欲しいという気持ちすらある。

バネッサのスパルタ稽古は、始業式ぎりぎりまで続くことになる。

4 夏の大会

「代表!?　今日から学校ですよね!?」

「おはよう大尉。そうだよ。三十分後に転移するから、それまでにはこれを終わらせるよ」

始業式当日にもかかわらず、普通に仕事をしている上司にクロスは目を瞬《しばたた》かせる。

戻って来てから、休みなく働いている彼女は少し痩せた気がする。元から小さいのに、痩せてしまっては心許《こころもと》ない。

「ヨル教授にゾーンXVの新種についての報告書を提出して行かないと、学園に乗り込まれる可能性が否定できないからね」

魔物を研究しているヨル・カートン・フェデリックは、魔物大好きな変態研究者だ。

以前、ディーティエに言った知り合いの研究者とは彼女のことである。

クロスは「白衣を着た悪魔」と呼ばれる彼女を思い出して、ウッと顔を引きつらせる。

「やりかねませんね」

「でしょう?」

ラゼは黙々と手を動かして、なるべく細かく報告書を書き上げた。

「よし。じゃあ、ボナールト大尉。私は席を空けるから、またしばらくお願いします」

「ハイ」

本当に頼もしい部下だな、と彼女は微笑《ほほえ》んで自宅に飛ぶ。

ラゼは家に帰ると、部下がくれた新品の服に袖を通した。

スカートは穿き慣れていないのだが、大事な仲間に貰ったものはちゃんと着ける。

てきぱき着替えを終えると、鏡の前に立って身嗜《みだしな》みのチェックをした。

「バトルフェスタか。何も起こらないといいいんだけれど……」

気を引き締め直し、ラゼはセントリオールへ再び旅立つ。


「ラゼちゃーん！」

転移して真っ先に声をかけて来たのは天使。

まるでそこだけ別の世界が広がるフォリアの神聖さに目を細めながら、ラゼは飛び込んできた彼女を受け止めた。

「久しぶりだね。元気にしてた？」

「うん！」

フォリアに抱きしめられながら、ラゼは学園に戻って来たのだと実感する。

「フォリアさん。ラゼが苦しそうよ」

「あ！　カーナ様！」

いつもの三人が集合し、ラゼの両手には大輪の華が咲く。

「少し痩せたんじゃない？　大丈夫？」

カーナはラゼの顔を見て、心配そうに尋ねる。

「体重はそんなに変化してないですよ。引き締まったのかもしれません」

これくらいで体調を崩すようでは、軍人なんて続けられない。

学園の生活は魔法を思い切って使えないので、若干反応が鈍くなっていたのが気になった。

この学園には危険因子がいることに変わりはない。後期は魔法の精度も落とさないように努力しないといけなそうだ。早く犯人を特定して排除してしまいたい。

「そうだ。ラゼちゃんにプレゼントがあるんだよ！」

フォリアの鈴を転がすような声に、ラゼは我に返った。

「プレゼント……？」

休み前にフォリアとお土産の話をしていたので、ラゼも用意はして来てある。

しかし、プレゼントという言い方と、フォリアとカーナのわくわくした視線に彼女は目を丸くした。

「これ。開けてみて！」

ラゼは手の平に収まるサイズの可愛らしい袋を、言われるままに開封する。

「――わ。かわいい……」

そこから出てきたのは、花と星がモチーフになったキーホルダー。

自分では買わないような可愛らしいものが出てきて、彼女はそれを壊れ物のように触れる。

「星祭りのときに、カーナ様ともお揃いで買ったんだよ」

天使に微笑まれて、ラゼの心臓が一瞬音を上げる。

「嬉しい。ふたりとも、ありがとうございます。大事にするね」

初めて友人から自分に向けて贈り物をされたラゼはジーンとした。

休みの間仕事がてんこ盛りでふたりとは全く会えなかったので、自分ひとり置かれて、忘れ去られたかもしれないと思っていたのだが、とんだ杞憂《きゆう》だった。

ふたりに休みの間なにがあったかという話を聞きながら、ラゼは約一ヶ月ぶりに寮に戻った。

軍服ではなく、学園の制服に着替えると、再びホールに集まる。


たくさんいる生徒に混ざって、教師たちの話を聞く自分はまるで学生。

「始業式はこれで以上です。ここからは、夏の大会についての話になります――」

始業式が終わると、そのままバトルフェスタの説明が始まった。

全校生徒によるトーナメント戦は、一週間後から開始される。冬の学年別で行われる試合よりも、規模が大きい。

三年生たちは進路直結の最後の大会なので、緊張感が違った。

「では、対戦表を発表します。禁止事項などの詳しい規則も記載していますので、各自、今から配る資料に必ず目を通しておいてください」

対戦表が発表されると、あちこちから声が上がる。

(私は誰とだろ。相手には申し訳ないけど、勝ちは譲るからなぁ……)

ラゼの初戦の相手は、二年B組の男子生徒だった。

個人的にはこの大会で勝ち上がったら閣下の息子を負かしてやると思っていたのだが、休み中の会議でハーレンスと話し合い、ラゼは早々に負けて警備に当たることになっている。

彼女が本気なんて出してしまえば、簡単に優勝できることはハーレンスもご存じだったので、自粛してもらうということになったのである。

それに、今回は保護者たちも観戦に来る。彼女の仕事柄、存在はなるべく隠す必要があるので、ここでは目立たないようにするのが無難だった。

初戦であたる先輩には、心が痛い。

(まあ、私がなんのハンデもなしにこの大会に出ることから間違いだから、私が悪いということでここは負けを譲って欲しい)

ラゼは良心の呵責《かしゃく》に、そう言い訳をする。

「うう、緊張するな……」

その隣で青い顔をしているフォリアがいて、彼女は落ち着きを取り戻した。

両手を顔の前に組んだフォリアは、小指についた指輪に触れる。

それを見つけたラゼは、我が子を見守る母親のような目つきで彼女を見た。

「大丈夫だよ。お守りもあるみたいだしね？」

「あっ、へへ。ゼール様がくれたの。お休みの後半は忙しそうであまり会えなかったんだけれど、『すぐに会える』って言われたんだ」

嬉しそうに微笑むフォリア。

ラゼも前期に一緒の部屋で彼女と生活していたので、彼女が身に付けている装飾品や服は全部、フォリアの後見人のモルディール枢機卿《すうききょう》から買い与えられているものだと知っていた。

ヒロインがこの様子なので、どうやらシナリオとは違う道に進んでくれているようだ。

（心配しなくても、ガードがしっかりしていらっしゃって心強い……）

それが嬉しくてラゼもにっこり笑った。

「きっと、夏の大会の観戦に来てくれるってことだろうね」

「うん。多分そうだと思う。いいところが見せられるように、練習期間はたくさん魔法の特訓をしなきゃ」

フォリアは拳をふたつ作って、自分に活《かつ》を入れている。ヒロインに相応《ふさわ》しい、前向きで頑張り屋さんな可愛い人だ。軍で部下を相手しているときとのギャップが大きすぎて、別の世界にでも来てしまったかのような感覚だった。

フォリアが意気込んでいた通り、大会直前期は練習期間として授業も実技だけになる。

だだっ広い訓練場には大勢の生徒たちが、それぞれ自主的に自分に必要な魔法の扱いが得意な先生に教えを乞う。

「「きゃ〜〜!!」」

水も滴《したた》るいい男、ということで一部女子生徒が貴族のお坊ちゃま方に騒いでいるのにはもう慣れた。

彼女たちは玉の輿狙いなのだろうとラゼは断定する。そうでもなければ、呑気に黄色い歓声を上げてはいられないだろう。

騎士団に入りたい男子や一部の女子たちとはやる気が違う。温度差に火傷《やけど》しそうである。

ラゼは視界の端に映る紫色の髪をひとつにまとめたカーナを見る。

（カーナ様は、それとはまた違った理由で頑張ってるんだよな）

自分の人生がバッドエンドしかないシナリオの世界に生まれてしまったと信じている彼女は、万が一の時、自分の身は自分で守れるように魔法を磨いている。

もしかすると、この学園の中で一番己の危険と向き合って真剣に稽古に励んでいる人かもしれない。

命がかかっていると思えば、必死にもなるはずだ。

綺麗な汗を流すカーナを、ラゼは遠く見据える。

フォリアはまたルカに魔法を教わっているようなので、今はひとりだ。

ぼうっとカーナに見惚れていると、

「はぁっ！」

そこで逞しい女性の声が聞こえるから、ラゼはハッと我に返った。

「なんだろ？」

人だかりができた場所にラゼは足を運ぶ。黄色い歓声と違って凛々しい声がつい気になった。

小さい身長のせいでよく見えないが、人の隙間からそちらを窺《うかが》う。

「セイ!!」

すると、その中心には、三年生の男子生徒相手に鉄拳を食らわす見覚えのある赤毛の女の子が。

「ア、アリサ先輩？」

うずくまる男子生徒の前で、フゥーと息を吐く彼女にラゼはギョッと目を丸くした。

「さ、さすが、二年のシード。喧嘩なんて売るもんじゃねぇな」

「あいつも馬鹿だよな。相手が庶民の後輩だからって甘く見過ぎだろ？」

「自信をつけたかったみたいだけど、逆にプライド木っ端微塵にされたね……」

観客の言葉を拾ったラゼは、いつも優しいアリサのもうひとつの一面に面食らった。どうやら、彼女と親しくしてくれる先輩方は只者ではないらしい。

いつもマリーを冷静に宥《なだ》めている印象があったアリサに、ラゼは衝撃を受けた。

「あれ？　グラノーリさん？」

びっくりしていると、声をかけられてラゼは後ろを振り向く。

「ミュンヘン先輩」

「ユーグでいいよ。僕もラゼって呼ばせてもらうから」

そこにいたのは、ルベンの誕生日会に招待状を譲ったユーグだった。

ちゃんとお返しもくれる律儀でよい先輩だ。

「どうしてこっちに？　あ、君もフェーバーの騒ぎを見に来たのか」

「はい。気になっちゃって……」

ラゼは何ともいえない表情で笑う。

まさか騒ぎの中心にいた人が、自分の知り合いだとは思ってもみなかった。

実戦演習では落とし穴にはまった害獣をまとめて倒すという集団行動が優先されて、個人の技が埋もれていたので気が付けなかったみたいだ。

「この時期、庶民組は結構苦労するよ。普段は手を出してこない貴族の人たちが、溜まった鬱憤を正攻法で晴らそうとしてくるからね。ラゼも気をつけた方がいい」

ユーグは肩を竦める。

アリサに殴られてうずくまったままの貴族生らしい男子生徒に、彼は冷たい視線を向けている。

ラゼは今のところ周囲に恵まれているが、こんな閉鎖的な貴族の学園で、庶民生が羽を伸ばせることはほぼないと言ってもいい。

商会の息子であるユーグからすれば、将来を考えると非常に息が詰まることだろう。

「ま。逆も然《しか》りだから。僕たちが遠慮なくやっちゃっても平気だよ」

僕はあまり戦闘は得意じゃないんだけれどね、と彼は笑った。

「私もです。痛いのは嫌だな」

「観客と先生たちの目もあるから、あまりにも酷いことはされないよ」

「それを聞いて安心しました」

ふたりが談笑していると、

（――ッあ！）

ラゼは必ず視界に入れていたカーナの背後で模擬戦をしていた生徒の攻撃が飛んでいくのを見てしまった。

彼女はすぐに魔石を起動する。

「っ、カーナ！」

それに気がついたルベンが駆け出すが、あなたが傷つくのも問題だ――ということで、ラゼは土でできた球を転移魔法で裏山に飛ばす。

その場に残るのは、ルベンがカーナをかばう美味《おい》しい展開だけである。

（ただの事故、か？）

ラゼはじっと状況を把握するが、不審な点は見当たらない。

こんなイベントは予言の書にもなかったので、ただのハプニングだと思いたいところだ。

「ラゼ？」

「あ、はい」

目をそらしていると、ユーグに名前を呼ばれる。

「帰省したら、うちにいい商品が入ってたんだ。化粧品。女の子、そういうの好きだと思ったんだけど、お近づきの印にもらってくれないかな？　今度渡すから」

「いいんですか？」

「うん。ラゼは将来大物になりそうな予感がするからね」

さすが商人の息子。わかってるじゃないか。鼻がいい。

ラゼは自分の身分を気にせず買い物ができるようになったら、ぜひともユーグの店に行こうと決めた。

彼と別れた後は、一応、ラゼも大会に向けて身体《からだ》を鍛える。

ひとりだけ魔法を使うこともせず腕立て、スクワット、ランニング、素振りをしていると、今度は担任のヒューガンに声をかけられた。

「グラノーリ。お前だけ保護者の出席について申請がなかったが平気か？」

「はい。お世話になっている方たちは忙しくて来られないんです」

「……そうか。わかった。その、俺はちゃんと観てるからな。頑張れよ」

「ありがとうございます」

あのヒューガンに気を遣わせるとは申し訳ないな、と思いながらラゼは素振りに戻る。

フォリアとカーナからもたくさんお土産をもらってしまったし、いつかちゃんとお返しがしたいものだ。

「暑いな」

彼女は眩《まぶ》しい日差しに目を細め、魔法で取り出したタオルで汗を拭った。

「グラノーリ！」

「……ドルーア様」

「イアンでいいって！　ひとりで練習してんの？」

そこに、眩しい赤を背負ったイアンがやってくる。

「はい。移動の魔法は最終的に接近戦にもつれこむことが多いので、基礎を身に付けとかないと」

後期の授業が始まってまだ二日目なのだが、イアンがよく話しかけてくれるようになったのは気のせいではないはず。

彼は特徴的な持ち手の長い模擬剣を握ったまま、ラゼを見つめる。

「やっぱり、相手してくれる女子がいないの？」

ふむ。結構鋭い指摘だ。

「探せばいらっしゃると思いますが、あんまり気が乗らなくて。本番は頑張ろうかなと」

「そっか。もしよければ、オレとやんないかって誘おうと思ってたんだけどな。気が向いたら、呼んでよ。グラノーリ、強そうだし」

嫌な予感がしたので牽制《けんせい》をしておいてよかった。

(乙女ゲームのキャストさんだよ？　ドルーア様が弱いわけないよね？　戦いたくないです。気は向きません)

ラゼは胸中で言葉を連ねる。

「ありがとうございます。でも、私以外にもたくさん強い方、いらっしゃいますよ」

彼女は笑ってごまかす。

「そうだろうな。先輩とかすごいし。でも、ルカもグラノーリの魔法は精度が高いって褒めてたから、気になるんだよな！　本番で当たれたらいいのに」

彼の無邪気な言葉に、ラゼはどぎまぎさせられる。

（ストレインジ様も私のこと認知してるの？　……あれだけフォリアの近くにいたら当たり前か……）

目立つつもりはなかったはずなのだが、フォリアやカーナの近くにいるせいで自分に注目が集まってしまうらしい。何だか落ち着かない。

（夏の大会、気を付けないと。軍人だとはバレたくない……）

イアンと会話をして、彼女は強くそう思った。

フォリアもカーナも、死んだ魔物の見学から離れていた。あんなものを相手にしている軍人だと知られれば、今のような仲ではいられなくなるかもしれない。

（いや、その前に、バレたら学校をすぐ辞めないといけないかもな。死神閣下にも、ビレイン理事長にも、私は普通の生徒としてここに通えと言われているんだから）

ラゼはきゅっと口を結ぶ。

「じゃあ、オレ、また練習に戻るな！」

「はい。声をかけてくださり、ありがとうございました」

イアンがその場を離れていくのをそっと見守って、ラゼは極めすぎた魔法のレベル合わせと、基礎体力向上のためにひとりで黙々とトレーニングを続けた。

燦々《さんさん》と太陽が降り注ぐのは、夏と冬に行われる模擬戦のために設置された闘技場である。

楕円形のスタジアムは冷暖房完備。客席とフィールドの間には魔法で防御壁が張られ、大勢の観客たちがその中心に熱を注ぐ。

あっという間に練習期間は終わって、バトルフェスタが始まる。

ルールは簡単。

相手を戦闘不能にして「参りました」と言わせれば勝ち。

最後に残ったひとりが正真正銘、学園ナンバーワンである。

「きゃあ〜〜！　アディス様〜!!」

……黄色い歓声がいつもの倍に聞こえるのは気のせいではない。

熱狂はスタジアム全体に広がっていた。

「皆、よく飽きないよな……」

ラゼは観客席からなんとも言えない瞳でフィールドの右端を見つめる。

閣下の息子は性格が性格なのと、ルベンの次に優良物件といっていいハイスペック男子だ。

女子が食いつくのも頷ける。練習期間からずっとこんな感じだ。

（当たったら負かしてやろうと思ってたんだけど……）

お偉いさんの中には、ラゼ・グラノーリと聞いてラゼ・シェス・オーファンにたどり着いてしまう方がいらっしゃる可能性が高い。自分は小石のように存在感を消して、この大会から身を引かねばならない。本当に残念だ。

（まあ、そんなことより――イベントをどうにかしないと）

ラゼはふうと大きく息を吐いた。

学校行事があるところに、乙女ゲームのイベントあり。

軍の任務を遂行してきた後なので、自分の思考回路がまともなのか心配になるが、ゲームのシナリオを甘く見てはならない。

この大会で行われる乙女ゲームのイベントは、庶民のヒロインが相手の不正で怪我を負い、ルベンが駆けつけるという、結構重要なものだ。

天使フォリアに不正で怪我を負わせるなど言語道断。

カーナも手を回してくれているが、ラゼも獣のような瞳で真剣にフィールドを観察していた。

「ラ、ラゼ。緊張しているの？」

そんな彼女のオーラに当てられたカーナが、少し驚いた顔で彼女に尋ねる。

「はい……。私、剣術はそこそこできますが、得意型が得意型なので、こういう模擬戦は苦手で」

きっとここに彼女の部下たちがいたら、ブンブン頭を横に振って「そんな訳ないだろ！」と指摘しただろうが、生憎《あいにく》彼らはバルーダに遠征中である。

『それに、フォリアに何かあったらと考えると、心配で』

『そうね……。わたくしの方でも色々チェックはしているわ。何もなければいいのだけれど』

カーナに何かあれば惚れているルベンが真っ先に飛んでいくと思うが、怪我人はよろしくない。

ふたりは夢中で観戦しているフォリアに視線を移した。

『心配しなくても、殿下はカーナ様を大切にされてますよ。その髪飾り、もしかして星祭りで彼からもらったのでは？』

『えっ。なんでわかったの?!』

頬を赤らめるカーナ。

カマをかけたのだが、わかりやすすぎて笑ってしまう。

『その髪飾りのモチーフの花、この世界では「ミューレ」と言うんです。花言葉を調べてみるといいですよ』

ミューレの花言葉は、「誰にも渡さない」。

普通にゾッとしてしまうのだが、ルベンのことはカーナ大好き皇子としてしか認知していないので、お似合いだろう。乙女ゲームフィルターにかかれば、花言葉なんてロマンチックでハッピーな要素でしかない。

そこで再び華やかな声が上がり、試合が終わったことを知る。

どうやら、閣下の息子さんは三年生相手に勝利してしまったようだ。さすが晴蘭《せいらん》生まれの規格外。

「そろそろ招集がかかるので、行ってきます」

それを合図にラゼは席を立つ。

「応援してるわ。頑張って。これ、お守り」

カーナは紫色に銀の刺繍が入ったリボンをラゼの腕につけた。

それは戦に出る前に恋人や妻が戦士たちに送るしきたりだった。もらった者は、彼女たちに跪《ひざまず》き、命をかけて帰ってくると誓うのだ。

これは女神に報いて、いい勝負をしないと示しがつかない。

「仰せのままに。頑張ってきます」

ラゼはカーナに跪いて、その手にキスを落とした。

「わぁっ。素敵！」

フォリアが目を輝かせたが、その向こうから殺気の混じった視線が突き刺さってくる。

――お前、覚えてろよ？

ルベンの目がそう語っていたが、ラゼはそそくさとその場を後にした。

どうせ、ヤキモチを焼いてカーナといちゃいちゃすることが明らかなので、すぐに退散したのである。いいダシに使われることだろう。

招集場所で参加の確認をし、待機室の椅子に座ってラゼは自分の出番を待つ。

試合直前で集中力を高めている他の選手たちを、普段と変わったことをすることもなく、彼女はのんびりと見守る。この学園に来てから、日常が護衛任務のようなものなのでこの試合で特別気合を入れることもない。強いて言うなら、やりすぎないようにだけは気を遣う必要があるくらいだろう。

ラゼは二年Ｂ組の先輩と対戦となる。時間が長引けば長引くほど、注目を浴びてしまうので、うまい具合で負けなければならない。

時間になると、運営が入場の案内に来る。ラゼはカーナにもらったリボンを見つめてから立ち上がった。

反対側の出入り口から入場してきた相手と向き合う。

ラゼは剣を構えて、ソッド・リン・テンニースと対峙した。

「お願いします」

「…………」

最初の挨拶くらいしてくれてもいいのに、と思うが試合開始のゴングが鳴る。

「……$+∡%＊:」

「え？」

それと同時に聞き取れない呪文のような言葉が彼から紡がれた。

おぼろげで焦点の合わない瞳が、ラゼを捉える。

(これって――!?)

彼女は咄嗟《とっさ》に彼と距離を取ろうとするが、幻術にかかったのか身体が動かない。

彼の後ろに黒い霧が現れたかと思えば、その中から何かが姿を見せる。魂が抜けてしまったようなソッドはそのまま崩れ落ちた。

そして、亡霊のように出てきたのは、黒いローブで口元まで覆った女。

「ごめんなさい？　あなたは本当はこの世界にいないはずの存在なの。出しゃばりなモブはお暇《いとま》してくださいですって。これ以上、ワタシたちの計画を狂わせないで頂戴な」


真っ赤な唇に、真っ赤なネイル。

まるで何かの物語に出てきそうな魔女のようなその女は、時が止まったように動かなくなったラゼの顔に手を這わした。

「グッバーイ」

懐から剣を取り出して、うっとりとそれを見つめると、ラゼの心臓目掛けて一直線。


――――ドサリ。


時が動き出したフィールドには、ソッドとラゼが揃って倒れていた。

突然の出来事に、観客たちには混乱が走る。

「おいっ。しっかりしろ！」

審判をしていた教師がラゼを起こす。

騒ぎに気がついたハーレンスがすぐさま彼らの周りに幻術を張った。

「グラノーリくん！」

「り、じちょ……」

ラゼの腹部に、じんわりと赤い血が滲んでいた。

（ギリ、セーフ……かな……）

肌に剣が当たった直後に、魔法が使えるようになったラゼは辛《かろ》うじて傷の位置を腹にずらしていた。

呪いの古傷を隠さないと後々面倒なので、回復魔法より先に幻術を張る。気を失ってもしばらくは保つだろう。

（禁術は反則でしょ）

まさか自分が狙われることになるとは。

時間を止めるという禁術にかけられたのはこれで二度目だ。

シアンの亡霊を止めようと、マジェンダ帝国が生贄を差し出して時間操作の魔法を使用して来たことがあった。あの時は未完成だったので、ラゼの力業で打ち破ったのだが、今回はそう上手くはいってくれなかった。

「ウッ」

ラゼは女の術を解こうと無理やり魔石を起動したため、いつかぶりに激しい頭痛に襲われる。

フィールドで情けない姿を晒してしまい不覚と感じつつ、彼女の目の前は真っ暗になっていった。

『時を止めるなんて、まるでおとぎ話みたいだよね』

次に聞こえたのは、幼い男児の声。

『そうだけど、私たちが見たことない魔法はきっとたくさんあるんだよ？　それくらいあってもおかしくなさそうだよね』

それが夢だと気がついたのは、死んだはずの弟と幼い時の自分が出てきたから。

これは昔、リドと話した時の記憶だ。

『じゃあ、あるのかな……。ぼく、そんな魔法を研究したいかも』

『へえ。なんで？』

『そしたら、かあさんの好きな花の時間を止めて、ずっと飾っていられるよ。それに、かあさんといっしょにいる時間を止められたら、今よりたくさん一緒にいられるもん』

弟の優しい願いに、心臓を鷲掴みにされたのはどれくらい昔のことだっただろう。

そして、数年後に見つけた「時を止める魔法」というものが、争いのために使われていて、どれだけ苛立ちを覚えたことか。

(こんなことに、この魔法を使うな！)

自分が倒れた時の記憶がありありと目に浮かび、彼女の意識は覚醒する。


「っつ〜〜！　久々に死ぬかと思ったわ!!」

ガバリと起き上がったラゼは、その勢いのままいきなり文句を飛ばす。

(バルーダに行ってた時より、学園で負う傷が重傷ってどういうこと!?)

すぐに服をめくり上げ、刺された腹の傷を治癒魔法で塞いでもらったことを確認する。

「……グラノーリくん？」

腹を刺されて起きたら開口一番がこれだ。

ちょうど彼女の様子を見に来たハーレンスが目を瞬かせる。

事件から二十分後。あまりにも早いご起床だった。

「目が覚めたか」

「っ！　ビレイン様！　これはご無礼を！」

こんな情けない格好で皇弟を迎えてしまい、ラゼは慌ててベッドの上で正座する。

「……元気そうだな」

「ハイッ。すぐにでも任務に戻ります！」

ハーレンスはぴんぴんしているラゼを見て、安堵のため息を漏らした。

「一体何があった？　ソッド・リン・テンニースはすぐに目を覚ましたが、ここ数日のことを何も覚えていないみたいだ」

彼はベッドの横にあった椅子を引き出して座る。

ラゼはどう説明したものかと悩んだが、カーナの予言を立証することはできるので、そろそろ報告しなければならないと腹を括った。

(流石《さすが》に「この世界にいない存在」って言われると、カーナ様と同じような人間がいる可能性が高いんだよな。モブって言われたし)

ゲームのことを知っている相手に禁術まで持ち出されては、ただの「楽しい乙女ゲームの世界！」って訳にはいかない。

ここは魔法の存在する、前世とは違った摩訶不思議な世界だ。

大婆様《おおばば》の預言が政《まつりごと》でも重視される社会なのだから、このことをハーレンスに説明しても頭がおかしいとは思われない。

「どうやら、マジェンダが動き出したようです」

ラゼは周囲を確認してから、重い口を開いた。

わかりやすく、物語のようにしてカーナが未来を予言することができることを伝え、その中に出てこないはずの自分が邪魔だから殺されかけたことを告白すると、ハーレンスは唸った。

「……確かにそれは、報告が遅れるのも仕方ない。が、君はそれで死にかけたんだぞ？　困った時には頼れと言ったはずだよな？」

「も、申し訳ありません」

彼から初めてお叱りを受けたラゼは、思わずそのまま土下座する。

「ハァ。頭を上げなさい。君にはもっと自分の身を大事にすることを学んでもらわないとな……」

顔をあげると、ハーレンスの困った顔が目に入った。

「しかし、禁術か。手強いぞ？　また狙われたらどうする？」

「ああ。それなら知り合いが禁術を相殺する道具を完成させているので問題ないです」

「そんな物があるのか？」

「はい。こちらです」

ぽんとどこかから転移させて取り出したのは、一見ごく普通のペンダントだが、国家機密レベルの重要品である。

「……何というか、流石だな」

「はい。すごいですよね。彼は稀に見る鬼才というやつなんでしょう」

「………」

うんうんと同意してくるラゼだが、ハーレンスが言いたかったのは、そんな物をこのタイミングで簡単に取り出せる君が流石ということで、作った人についてではなかった。

「あ。かなり広範囲で使用できますから、ご安心を」

勘違いしているラゼは性能を訴える。

ハーレンスは、彼女に一抹の不安を覚えるのだった。

「時を止める禁術を考えると、帝国の手の者の可能性が高いです。私が狙われる分にはどうにでもなりますが、殿下方に被害が及ぶことだけは避けなくてはなりません。信頼できる護衛を増やせませんか」

「わかった。ガイアスから騎士を借りてこよう」

(げ、騎士か……)

騎士が苦手だから嫌だとは言えなかったラゼ。大人しくハーレンスの決定に従う。

(でも、こうすれば万が一のことが起きた場合、自分だけの責任にはならない！)

みんなで渡れば怖くないってやつだ。

カーナの破滅イベントがどうなるかわからない以上、ひとりで対応するのはリスクが高すぎる。

ルベンに事情を説明してガッツリとカーナを囲って欲しいところだが、それはカーナ次第だろう。

「理事長先生」

「どうした？」

先生と呼ばれたハーレンスは、生徒のラゼと向き合う。

「その。差し出がましいことは承知の上で申し上げますが、できることならカーナ様や殿下たちが自然な学園生活を送れるよう、なるべく介入は少なくして頂くことはできませんか？」

ハーレンスはその言葉を聞いて舌を巻く。

彼女も一生徒だというのに、大人がやれば良いことにまで気を回して、疲れはしないのだろうか？

「わかっているよ。だから、君の入学許可が下りたんだ。これも天が与えた試練なんだろう。あの子たちならきっと乗り越えられるさ」

「ハイ」

ラゼは力強く頷いた。

「平気なら友人たちに顔を出しておいで。君が狙われて倒れた以上、ここに彼女たちを入れるのは危険だったから心配させている。幸い、テンニースは幻術使いで君も移動魔法の使い手。見えない戦闘があったことになっている。君は腹部に軽傷を負って、ここに運ばれたことになったから、そのつもりで」

「はい。……この度はご迷惑を」

「気にするな。混乱を避け、相手を泳がせるためにバトルフェスタは続行する。君には頑張ってもらわないとね」

「かしこまりました」

ハーレンスが部屋から出て行く。

ラゼも服を着替えて、医務室長に挨拶してから救護室を出た。

通常、治癒魔法をかけられても身体と理解が一致せず、すぐに動けないことが多いのだが、ラゼは数分でまるで怪我したことが無かったかのように回復していた。

医務室長のメリル・ユン・フェリルは、ラゼの出て行った扉を見つめる。

「もしかしてあの子。身体と理解の順応があれだけ早くなるほど、怪我をしたことが……?」

いや、それは考え過ぎか――。

フェリルは頭を振った。


「もらった服じゃなくて良かったな……」

メリルの推察通り、人の倍、怪我をしまくっているラゼ・シェス・オーファンは、そのことに気が付かないで通常運転。

(先輩にかけられていたのは、最近バルーダで拘束している兵士と同じだった)

すでに頭は自分の怪我ではなく、任務のことにシフトする。

あの艶《なま》めかしい女が術者だとしたら、必ず捕まえなければならない。

(テンニース先輩の記憶がないのは、ちょうど休みが終わるくらいの時からか。彼の実家は確か首都にあったはず。そうなると、事態は深刻だぞ)

ラゼの顔は暗かった。この件はすぐにウェルラインの耳にまで届くことだろう。

捜索については、軍に優秀な人材が揃っている。外では早急に任務が出されるはずだ。

もう、シアンの首都まで魔の手が及んでいるとなると、部下たちも駆り出されることになりそうだ。

帝国がまた、よからぬことを企んでいる。

今自分は、この会場に帝国側の人間がいることを警戒しなくては……。

早く配置に着くために走っていると、途中アディスとすれ違った。

なんでこんなところを歩いているのかなと疑問に思ったが、スルーして走り去ることに。ここはラゼの管轄ではない。

「はっ?」

彼はそんな彼女を、あり得ないものを見た顔で二度見する。

何事もなかったように走り去ろうとするラゼの腕を咄嗟に掴んだ。

「うおっ」

全く女子らしくない声が上がって、ラゼの身体が後ろに傾く。アディスはそれを受け止めた。

「な、なんでしょうか?」

「君、こんなところで何してるの!? 怪我は?」

そんなに動いて、まさか抜け出してきたんじゃないか？　と目線が言っていて、疑われてムッとしたラゼは向き直ってシャツをめくる。

「この通り完治したので平気です」

「っ！　何してんの?!」

アディスは露《あら》わになったラゼの腹を見てギョッとし、すぐに服を下げさせた。

「かすり傷みたいなものですから、ご心配には及びません。あ、二回戦進出おめでとうございます。相手は三年生だったのに流石ですね。私なんて戦闘不能になってしまったので、一回戦負けです」

彼女はアハハ～と笑った。

偉い人は自分は卑下して、持ち上げるべし。

そんなラゼの言葉を聞いて、アディスが被さるようにして彼女を壁際に押し付ける。

「え。あ、あの。ザース様？」

さらさらの御髪《みぐし》に隠れて表情が読み取れず、ラゼは焦った。

何も言わないで、カツアゲされるのは妙に迫力があって怖い。

「…………何勝手に、俺以外の奴に負けてんの？」

アディスは言いたいことがたくさんあったが、一番強く抱いていたことを口にする。

間近に整ったお顔がいらっしゃり、ラゼの呼吸がヒュッと音を立てて止まる。

拝見したご尊顔は、全く笑っていなかった。

（お、怒ってる。怒ってるよ、閣下の息子さんがっ！　そして近い！）

シルバーの瞳に射貫《いぬ》かれて、彼女はカチコチに固まる。

握られたままの腕が痛いし、目線も怖いし、今すぐここから逃げ出したい。

「す、すみま――ムグッ」

とりあえず、どうやら彼を怒らせるようなことをしてしまったようなので、ラゼが謝罪を口にしようとすると、片手で頬を挟み込まれる。

「全然、謝る気なんてないでしょ？」

「………」

今、だいぶ酷い顔をしていると思う。

ラゼはじとーっと目線で「離せ」と合図を送ると、アディスは盛大に息を吐いた。

「はぁ～。ほんっと、かわいくないね」

「そんなの自分が一番よく分かってますよ。美形なザース様は沢山応援してくれる方がいらっしゃって、羨《うらや》ましいです」

腕を離して貰えたので、ラゼはさっさと彼から抜け出し会場に歩き出した。

アディスはその後ろ姿を見て、一瞬だけ真剣な眼差しに変わったが、すぐにいつもの表情に戻って彼女のあとを追う。

ラゼは彼がついて来るのに気が付いていたが、気にしたら負けだと思い、そのまま無言で観客席に戻った。

「あ、ラゼちゃん！」

「ラゼっ」

観客席に着くとすぐにフォリアとカーナが駆け寄って来た。

「もう大丈夫なの？」

「平気だよ。怪我はかすり傷くらいだから。応援してくれたのに、負けちゃってごめんね」

「気にしないでいいんだよ！　わたし、ラゼちゃんの分まで頑張ってくる！」

両手でガッツポーズをするフォリアは、あざとすぎるが可愛いので許す。

「無理はしないようにね。何かおかしいと思ったら、審判にすぐ言うこと。頑張って！」

「うんっ！」

禁術さえなければ、ここはラゼの守備範囲だ。

必ず生徒の危険は排除する。

「ラゼ……」

カーナに袖を引かれ、ラゼはそちらを見るとそこには今にも泣き出しそうな顔をしたカーナがいた。

『も、もしかしてゲームの強制力のせいで、あなたが？』

ラゼは図星を突かれてドキリとする。

強制力という言葉があっているのかは判断が難しいが、シナリオ通りに話を進めたいものがいることはほぼ確定だ。

『ただ単に試合に負けただけですよ？』

『で、でも。わたくし聞いてしまったの。審判をしていた先生が、あなたの傷がもう少しズレていれば死んでいたって！』

（なんて事だ……）

しっかりしてくれ、運営！　と文句を言いたいが、ここは彼女を安心させてあげることを優先しなくてはならない。

さっきから、ルベンと、何故かアディスにも注目されている。

日本語だからといって、カーナがとても不安そうなことを語っているのはわかってしまうので、落ち着かせなければ。

『そんな訳ないじゃないですか。大袈裟な。それほど深い傷なら、こんなに早く回復できませんよ』

『で、でも先生がそう言っていたのよ？』

『じゃあ、見てみます？』

ラゼは再び服をめくって、カーナに傷がないことを確かめさせる。

その後ろで男性陣がギョッとし、アディスが額に手を当てていることには気がつかない。

『ね？　大丈夫』

不安にさせないように笑ったのだが、カーナは安心したのか逆に涙を流し始めた。

「うえッ、カーナ様!?」

滅多に泣かない令嬢が泣いているところを晒すわけにもいかず、ラゼはあたふたしてカーナを隠すようにして抱きしめる。

「よかった。よかったわっ。ラゼがいなくなったら、わたくしもあとを追うんだからねっ」

(それには色々と語弊がある！)

周囲の目に加えて、明らかにルベンの目が険しくなったし、アディスも無言の圧がある。

居た堪《たま》れなくなったラゼは、やむなくカーナを横抱きにしてその場からの逃走を図った。

女の子が泣いてるのを、どうやって慰めればよいのかわからなかった末の選択である。

「きゃっ。ラ、ラゼ?!」

「フォリア。試合、頑張って！　私はちょっとカーナ様を落ち着かせてくるから！」

「う、うん？　気をつけてね！」

フォリアも驚いた顔をしていたが、快く送り出してくれた。

ラゼはとりあえず、人気《ひとけ》のない場所を目指して来た道を戻る。

「待て！」

後ろからルベンが追いかけてくるが、止まれはしない。

完全に姫様をさらった悪役ポジションだ。

なぜかこの国の未来のお妃《きさき》様を抱っこしたまま、ルベンと鬼ごっこが始まる。

今まで経験してきた中で、一番後のことが恐ろしい鬼ごっこだった。

このまま違う世界にでも行ってしまいたくなるが、カーナが悲しむのでそれはできない。

「……ここまでくれば平気かな」

空いていた控え室に入ると、ラゼは姫様をソファに座らせた。

「君、友人だからってな！」

続けて文句を言いながらルベンとアディスも入室してくる。

「その、すみませんでしたッ」

悪気はなかったのだが、これは失礼だった。

ラゼは深々と、それはもう床に頭をめり込ませるのではないかというくらいの勢いで頭を下げる。

「そんな。ラゼは悪くないわ。わたくしがあんな場所で取り乱してしまったから、かばってくれたのよね」

そんな近くにいたルベンの行動が遅かったと遠回しに言うようなことはやめてほしい。

ラゼは小さく震える。

しかし、ルベンはそんなラゼはもうアウトオブ眼中。

気がつけば彼はカーナの前にしゃがみ込み、彼女の手を取っていた。

「不安なことがあるなら、遠慮なんてしないで言って欲しい。カーナのことはわたしが守るから」

ラゼはこれ以上ふたりの世界の邪魔にならないように、咄嗟に息を殺す。

彼女からは何も聞かされていないだろうに、さすが婚約者殿。

カーナ様の不安を察知していたようだ。この対応には感心する。

（あ、リボン貰えたんだ）

彼の腕にもリボンが揺れるのが見えて、ふたりの世界の端から呑気にそんなことを考えていたが、
カーナが答えに困ってラゼを見つめるのでトバッチリが来る。

「……。そんなにわたしは頼りないか？」

「っ、決してそのようなことは！」

（えぇ……。これって、原因私じゃないか）

これでは「円満な人間関係」が崩れ去ってしまい、カーナの破滅フラグも立ってしまう。

『カーナ様。殿下を信じてお話しするべきだと思います。話せるところまででいいのです』

ラゼはカーナにそう言った。

彼女は自分のせいで不安にさせてしまったルベンを見て、覚悟を決めたようだ。

ルベンの手を握り返し、彼を見つめる。

「今から話すことは、馬鹿げていると思われるかもしれませんが、全て事実の話です」

カーナは不安そうな声で言葉を紡ぐ。

「ちょっと待った。それって俺も聞いていいやつ？」

そこで何故かいらっしゃったアディスが手を挙げる。

（なんでついてきたんだろ、この人。……あ、レザイア様が殿下の傍にいられないから代わりに来たのか）

ラゼはひとりで納得する。

「……はい。アディス様も一応当事者ですから」

「当事者？」

「はい」

それからカーナは、自分が怪物になること以外についての大まかなシナリオを語った。

聞き終えたルベンとアディスは戸惑ってはいたが、カーナが嘘をついているようには見えなかったので、理解するよう努める。

「だいたいわかった。それなら、わたしがカーナ以外を好きになることはあり得ないから、何も問題ない」

ルベンはカーナを抱き寄せて、そう強く言い聞かせた。

カーナは顔を真っ赤にさせて、口をぱくぱくさせていらっしゃる。

ルベンのこの言葉を信じるなら、カーナが婚約破棄されて、憎しみの化身となることはほぼなくなったと言っていいだろう。

(……問題はやはり、イベント自体の阻止かな)

カーナは全てではないが、やっとルベンに予言について語ることができた。

ここからは自分の出番。彼女たちが無事に卒業できるように、悪しきイベントを破壊するのがミッションだ。

「ところで。今の話には特待生が出てこなかったけれど、それはどういう事?」

アディスがちらりとラゼを一瞥する。

「私はバグ、すなわち誤りです。本来ならいないはずの存在。カーナ様は今回の試合について、シナリオの強制力が働いて私を削除しようとしているのではないかと不安になられてしまったわけです」

「削除……」

それが何を意味しているか分からないわけがない。アディスは表情を変えた。

「大丈夫ですよ。今のところ全く問題ないですから」

ラゼはそんな事が起こるわけがない、と少し大袈裟に演技する。

「それでも、不安になるわ。もしラゼがいなくなってしまったら、わたくしのフラグも回収されてしまう可能性が高いもの」

カーナはそれに頬を膨らませる。

上手く誘導できたようで、ラゼは内心ほっとした。

「ああ、なるほど。だから『あとを追う』か」

理解が早くて助かる。

ルベンの誤解が解けたようで何よりだ。ラゼはうんうんと頷いた。

「そういうことです。それに、強制力が働いているなら、ザース様だってもう少しフォリアに気があってもいいはずなのですよ」

このゲームのシナリオという点から見たこの学園生活での違和感の正体を口にする。

「そういえばそうだわ。アディス様、フォリアさんのことが好きではないのですか？」

言われてみれば、と。

全くそれらしき動きを見せず、祭りでも会うことがなかったアディスにカーナは直球で質問した。

「え？　女の子はみんな好きだよ？」

「「……………」」

その瞬間。アディス以外の三人の視線が揃った。

「アディス……」

ルベンに窘《たしな》められ、彼は肩を竦める。

「フォリア嬢の治癒魔法には特別興味があるよ？　でも、女の子として見るのは、他の子たちとも同じ感情かな」

――あ、こいつ、恋したことないぞ？

三人の思いはひとつに。

アディスは自分に向けられた視線に、ごほんと咳払いして話題を変える。

「ときどきふたりが話している言葉は、予言の物語のもの？」

「そうですわ。もうひとつの母国語のようなものです――」

それから少しずつ足りない部分を補っていき、カーナの外堀は埋まっていった。

「そろそろフォリアの試合が始まりますよ」

「もうそんな時間？　行かないと」

四人はソファから立ち上がる。

（ツ……）

先ほど血を流したのに、カーナを抱えて走り、いきなり立ち上がったのがよくなかった。

立ちくらみがして、ラゼは目をつぶって堪《こら》える。

会場がパニックにならないように流血は違う場所に転移させていたので、血が足りていなかった。

「ラゼ？」

「ああ、ちょっと立ちくらみがしただけです」

しばらくして目を開け、ゆっくり顔をあげれば問題ない。

『ごめんなさい？　あなたは本当はこの世界にいないはずの存在なの。出しゃばりなモブはお暇してくださいですって。これ以上、ワタシたちの計画を狂わせないで頂戴な』

頭には先ほど言われた言葉が蘇る。

(「モブはお暇してくださいですって」か)

この一言で、敵側にもこの世界が乙女ゲームだと知る者がいると判断できる。

また、そのもうひとりの転生者がこの世界の協力者を得ているということは、予言を証明しているということになる。乙女ゲームの舞台はこの学園。セントリオールにも敵が紛れ込んでいると考えるのが自然だ。

(後は私が何とかしないと)

グッと拳に力が入るのを、アディスが見ていたことにラゼは気がついていなかった。

観客席に戻ると、次の試合が始まろうとしていた。

「丁度始まるところだわ」

フィールドの中央にフォリアが緊張した面持ちで立っている。

「あ、おかえり！」

「どこまで行ってたの？」

「ちょっと、そこまで……」

イアンとルカに苦笑いで応えながら、いそいそと席に着いた。

フォリアの相手は同じ一年生。治癒魔法以外苦手なフォリアだが、一体どうやって対抗するのだろうか。

「フォリア、頑張れ～！」

ラゼは大きな声援を送る。

それに気がついたフォリアは、こくんとひとつ頷いた。

鐘が鳴ると、彼女はすぐに魔石を起動。

「あれって、治癒魔法よね？」

「見てればわかるよ」

ルカに言われて、カーナはじっとフォリアを見つめる。

(フォリア、ストレインジ様に特訓してもらってたもんな)

ラゼはフォリアが何をしようとしているか知っている口ぶりの彼に心で呟く。

本当は自分が教えてあげたかった。なんていうのは腹の奥にしまっておいた。

怪我もしていないのに治癒魔法を発動させるとは、どういうことなのだろうか？

ラゼもじっとフォリアを見つめる。

「――あ」

治癒魔法にかけられた相手が、満たされた表情に変わったかと思えば、そのまま眠りについてしまう。

戦闘不能。フォリアの勝ちだ。

「まさかあんな使い方をするなんてね。やっぱり彼女、面白いや」

アディスの呟きが聞こえる。

フォリアはゲームで浄化の魔法を習得することになっており、ラゼはその片鱗を見た気がした。

戦わずして勝つとは、流石ヒロインクオリティ。

「ねぇ」

「ハイ」

アディスに呼ばれ、ラゼはそちらを窺う。

「さっき言ってた強制力って、本当にないと思ってるの？」

意外に真剣な表情でそう尋ねられ、彼女は目を丸くした。

「ないと思いますよ。あれ見てください」

保護者側の観客席に誰かを見つけて、パアアッと顔を輝かせるフォリアを指す。

言わずもがな、そのお相手はゼール・イレ・モルディール。

客席で異彩を放っていらっしゃるので直ぐにわかった。

女の子をたくさん相手してきたアディスなら、フォリアの表情を読み取るくらい造作もないだろう。

「主人公があんな感じなんです。強制もなにも、シナリオを成立させる要素がすでに崩壊してます」

ラゼは笑った。

フォリアに手を振られて、小さく振り返しているゼールも嬉しそうに見える。

「……怖くないわけ？　君が死ぬ可能性だって、完全に否定できないんだろう？」

「誰だって今日死ぬかもしれないんですから、そう深く考えたって仕方ないです」

前を見つめたままそう言ったラゼに、アディスは怪訝《けげん》な顔に変わった。

彼女は達観しているというよりも、自分の身を何とも思っていないような節がちょくちょく見受けられる。

人の行動に敏感なアディスは、そのことに気がついていた。

自分には、守ってくれるものが何もないくせに――。

最初は特待生だから、自分が騎士団に入るべくラゼ・グラノーリを気にかけていたのだが、彼女を観察して知ることが増えるほど、どこか危うさを感じる。

「お疲れ～！」と呑気にぶんぶん手を振るラゼを見て、アディスはため息を吐《つ》いた。

彼女ならばバトルフェスタも余裕で勝ち上がってくると思って、あの母親から指導を受けてきたというのにとんだ誤算だ。

(腹立つ……)

誰かにこんな感情を抱くのは久々だった。

◆

時を止める禁術の一件以降、何事もなく大会は進んだ。

攻略対象者の皆さまは当たり前のように先輩たちを倒して、一年生としては大変優秀なところまで進んでいた。

この大会には、スカウトに来るお偉い様がいらっしゃるのだが、皆さんの目は早く彼らが三年生になって欲しいと語っていた。

カーナも華麗に氷魔法で造った茨の鞭《むち》を振るい、相手を全く自分に近寄せずに勝ち上がり、ラゼとフォリアが普段優しいカーナの冷たくて凛とした姿に驚いていると、「殿下のお傍《そば》にいるためには、このくらいできて当然よ」だそうだ。

前に聞いたときより、自信がついているように見えたのは、きっと心の痞《つか》えが軽くなったからに違いない。

ルベンとも心が通じ合えて、イチャイチャ度が急激に増したのには、相変わらず砂糖を吐きそうだが、ふたりが幸せそうで何よりだ。

フォリアのイベントについては細心の注意を払っていたが、それらしきものは起こらなかった。

おかしいなと感じたラゼは、自分が負傷したことが代わりのイベントだったのかもしれないと気がつく。

ゲームの強制力について、口では否定はしたものの、身代わりイベントの発生がどうにもならない。

（……最悪、私が身代わりになればいいか？）

それか何処《どこ》からか代わりにイベントを被《こうむ》る人を探して来ようかなと彼女は真剣に検討し始めた。

ラゼはひとりぽつんと孤立して観客席で昼食をとりながら、うーんと唸る。

なぜひとりかって？

他のみんなは保護者の方々と家族団欒でお食事中なので、ラゼはボッチ弁当である。

先ほどまで試合が行われていたフィールドには魔法であっという間に机と椅子が並べられ、各家庭でひとつの机を囲んでいる。その分、席が空いた観客席にも生徒同士で集まったり、家族と一緒にいたりと色んなグループが沢山できていた。

今日は丁度、みなさんご家族が観戦にいらっしゃっており、ラゼは自然とひとりになってしまった。一緒に食べようと誘ってくれたのだが、家族水入らずで話したいこともあるだろうし、遠慮しておいたのだ。

「ラゼ〜〜〜〜!!」

「へっ!?」

そこに、彼女の名前を読んで走り込んでくる人物がひとり。

「きゃあ！　可愛い!!　制服じゃない！　なんなの？　天使？　マイ・スウィート・エンジェル！」

何とかお弁当は死守したが、突っ込んできたカノジョを受け止めきれず、ラゼは顔を青くする。

「ジュリアさん、な、何でここに？」

はぁはぁして詰め寄られ、ラゼは頬を引きつらせた。

「何でって。わたしの癒しを探しに来たに決まってるじゃない？　制服とか最高過ぎるわっ」

ジュリアス・ハーレイ。今年で二十八歳。

身体は男性、心は乙女。ラゼと同じくシアン皇国軍討伐部に所属するオネェさんである。

特殊部隊の〈影の目〉で、ほぼ必ず顔を合わせる仲だ。

中性的な顔立ちで、ぱっと顔だけ見れば女性と間違えるような容姿である。身体は勿論鍛えているが、筋肉が付きすぎないように調整していると聞いた。私服はいつも長い脚を引き立たせるパンツスタイルか、ロングスカートを着こなしている。今日は任務で来ているので、軍の制服を着ていた。

ちなみに「ジュリア」と呼ばないと怒る。

「で、本当は？」

「本当は？　って酷いわね。もちろん、あなたに会いに来たのが一番の理由よ？　そのついでに、陛下たちの護衛。――さっきは面倒なことになったわね。身体は平気？」

陛下の護衛をついでとは……。

まあ、陛下には騎士の皆さんがぴったりくっついていらっしゃる。ジュリアスは広範囲の探知に長けているので、会場に配置されたのだろう。

「見ての通り。ぴんぴんしてるよ。その件はどうなってる？」

「それはもう大変よ。騎士様増員。急遽《きゅうきょ》、〈影の目〉も出動。少しでも怪しい奴らは裏でしばしば尋問よ」

ジュリアスは呆れた顔つきだ。

「こっちは気にしなくていいわ。それより、ちゃんとご飯食べてるわよね？　あの子たちには厳しく言うくせに、自分は忙しいとご飯食べるの忘れちゃうから心配してたのよ？」

「ちゃんと食べてるよ。ここにいると規則正しい生活をせざるを得ないから」

「そう？　それは良かったわ。あ、これ差し入れよ」

抜かりなく差し入れを持ってきてくれるジュリアスは女子力がかなり高い。

「中は？」

「ゼリーよ。沢山持ってきたからお友達とでも食べて」

「ありがとう！」

紙袋を受け取って、ラゼは笑顔で礼を言う。

ジュリアスとは特殊部隊で難易度の高い任務を一緒にこなしている戦友であり、オフでも仲良くさせてもらっている。

料理は上手だし、美容にも気を遣っていて、顔を合わせる度に色々してくれるので、姉のような存在なのだ。

「そういえば、ヨル教授があなたに会いたくて暴れてるわよ」

「うぇっ。やっぱり？」

ゾーンXVの新種は、今までとはまた違う個体だったので、ヨル教授が食いつくとは思っていた。奴らには人に近い理知的な行動が見られるのだ。

ラゼがしかめっ面になりながら、食堂でテイクアウトしておいたお弁当を食べようとすると、ヒョイとそれをジュリアスに奪われる。

カノジョはその代わりに、自分で作ってきたお弁当をラゼに持たせた。

「わたしの手作り。あなたの為に作ったから、そっちを食べて」

「嫁に欲しいっ！」

思わずラゼは叫ぶ。

カノジョ以上に、できた嫁になりそうな人をラゼは知らない。恋愛対象が男性なのが惜しかった。

「いただきま〜す。で。教授は、まあ、フレイくんが何とか頑張ってくれるでしょう」

彩り豊かなジュリアスのお弁当を頬張りながら、ラゼは答える。

フレイくんとは、ヨル教授の助手のことだ。

いつもオカン並みにヨル教授の世話を焼いてくれているので、今回も彼に任せたいと思う。

「どうだった？　新境地は？」

「それなりに手強《てごわ》いよ。長い年月をかけて進化したのか、今までの奴より知能がある」

「そうなの。それは倒し甲斐があるわね」

「うん。魔石のレベルも見直す必要がありそう。このままだとSを何個も重ねることになるからね」

ラゼは自分の耳についたピアスを触る。

ジュリアスはラゼから取ったお弁当を代わりに食べながら、その様子を窺っていた。

「学校はつまらない？」

「え、何で？　楽しいに決まってるよ」

ジュリアスの問いにラゼは目を丸くする。

「そう。それなら良いの。次の休みにはわたしのところにもちゃんと顔を出しなさいよ？」

「うん。この前はごめんね。忙しくて」

「わかってるわ。クロスくんがあなたが働き過ぎで心配してたもの。無理はしないようにね。お肌に悪いんだから！」

「はーい」

ジュリアスらしい怒り文句だ。

カノジョが仕事に移るまで、ラゼは楽しくジュリアスとご飯を食べた。

「じゃあ、またね。ラゼ」

「うん。お弁当と差し入れ、ありがとね」

「いいーえ。お勉強は程々にね？」

「ハハ。わかったよ」

そんなアドバイスをしてくる人は滅多にいないだろう。

ラゼは笑いながら観客席から、本部の方向に去っていくジュリアスに手を振った。

「あれ、ラゼちゃん。今の人は？」

ジュリアスとは反対側から何かを抱えて戻ってきたフォリアが不思議そうに彼女に尋ねる。

「知り合い。いつもよくしてくれて、私がここに入学したの知っててお弁当くれたの」

「そうなの！　よかったね！」

「うん」

ラゼをひとりにさせてしまうと分かっていたフォリアは、ご飯を食べ終えてすぐに戻って来てくれたみたいだ。

安心したように喜んでくれる彼女の優しさに、心が温かい。

「これね、ゼール様が友達と食べろってくれたの！」

「私もゼリーもらっちゃった。一緒に食べよ」

「うん！」

それぞれもらったものを広げていると、ラゼはフォリアが持ってきたお菓子を見て固まる。

シアンの西部で有名な伝統菓子「レレブ・ストリース」。

身分の差に愛を阻まれた男が、魔女に自らの声を捧げて愛する者には効かない毒をもらい、それが盛られたお菓子を食べさせて晴れて結ばれるという逸話から来るお菓子である。もちろん、本当に毒など入っていない。

どこかで聞いたことのあるような話だなとは思っていたが、前世の知識か。

このお菓子もゲームに出てくるものなのかもしれないと、ふと考える。

（ロマンチストというより執着質というか……。フォリア大好きだな、モルディール卿……）

ラゼは毒に当たらないことを祈りながら、レレブ・ストリースをかじったのだった。

5 理由

バトルフェスタは、三年A組の先輩が優勝して幕を閉じた。

A組のメンバーが上位に食い込むのは、毎年のことだそうだ。

ラゼの前に現れた怪しい女については、禁術が使えないと侵入が不可能だったのか、その後動きはなかった。

通常授業が始まって、ラゼは程々に勉強を頑張りながら学園生活を送っている。

セントリオールにも大分慣れたので、ゲームのイベント以外は特に変わり映えしない普通の毎日。

授業が終わると、フォリアとカーナ、又はどちらかと図書館か寮に戻るのがお決まりだ。

ただ最近変わったことと言えば、

「ラゼちゃん。礼拝堂に行ってくるね」

「いってらっしゃーい」

フォリアが朝、手紙を書くことがなくなり、礼拝堂に足繁く通うようになったこと。

彼女の弾んだ足取りを見送って、ラゼは頬を緩める。

その理由は簡単で、フォリア大好きゼール・イレ・モルディールが、聖職者として礼拝堂に勤務することになったからだ。

意味がわからないって？

正直、ラゼにも意味はわからない。

まさかフォリアが可愛いからって、ご自分が学園にいらっしゃるとは……。

愛の力とは恐ろしいものである。どこぞの皇子と同じ匂いがした。

当たり前のように見目がよろしいモルディール卿なので、すでにファンクラブというものができ上がっている。

フォリアも無自覚でやきもちを焼いている様子で。こんな風にして礼拝堂に通っているのだが、彼は確実にフォリアのためにここまで来てしまっているので心配いらないとラゼは思う。

カーナはルベンとラブラブデートなので、ひとりになったラゼは廊下を進みながら、ハァとひとつため息を吐《つ》いた。

「ああ。何も掴めてないんだよなあ……。今、平和なのが逆に怖い」

ラゼは、未《いま》だに自分を殺しに来た犯人たちについての手掛かりを掴めずにいた。

こんなに手をこまねく任務は滅多にない。

何しろ情報が少なすぎる。

禁術を使ってきたことから、魔法の開発に着手していた帝国の手のものの可能性が高いのだが、それ以上の情報がない。

敵も優秀なようで、全くしっぽを出してこなかった。

自分が襲われた理由も、乙女ゲームの進行を阻害する邪魔な存在だったからなのか、それとも『狼《ろう》牙《が》』だと知ってのことなのかも判明していない。

せっかく魔法なんてある世界なのに誰か何とか見つけ出してくれ、と思うラゼであるが、理事長ハーレンスも動いてくれているので音を上げることは許されなかった。

ひとりで寮に向かいながら、チラチラと降る雪を見あげた。

そこでふと訓練場で剣を振っている男子生徒がひとり、視界に入る。

「あれは、イアン様？　雪降ってるのに感心だなあ」

イアンが素振りをしているところを見つけたラゼ。どこか差し迫った雰囲気を感じ、足を止めた。

あっという間に季節は冬。

一ヶ月後には、もう冬のトーナメント戦が控えている。イアンもきっとそれに向けて鍛えているところなのだろう。

楽しい学園生活も一年が終わろうとしていた。

少しそれが寂しくて、ラゼはしんみりしながら再び廊下を進む。

「ちょっと、あなた」

「はい？」

とぼとぼ歩いていたところを気の強そうな声に呼ばれてラゼは顔を上げる。

そこにいたのは、制服のカスタムを最大限にドレス風になさったキラキラお嬢様。後ろにも女子数名が控え、まるでどこかの悪役令嬢みたいだ。

(ん？　悪役令嬢？)

ラゼは嫌な予感がする。

「もう我慢できません。特待生だからって、庶民が調子に乗ってるんじゃないわよ？　カーナ様が優しくして下さっているのは、彼女があなたを可哀想だと思って同情なさっているから。頭が良いのなら、それくらい分かったらどうなの？」

(………………ウワァオ)

彼女は目の前の出来事に、開いた口が塞がらない。

まさか自分がこういう事に巻き込まれるとは。漫画の中だけの話だと思っていた。

もしかして、私はヒロインポジションに昇格したのか?!　と心の中でちょっと喜んでみたり。

「ここは貴族の学園、セントリオールなの。身の程を弁えるのもお勉強じゃない？　庶民さんごめんなさい。隠してはいますが、名誉貴族です。という言葉は飲み込んで、ラゼは大人しく話を聞く。

これは果たして、乙女ゲームのしわ寄せなのだろうか——。

「聞いていますの？」

「……ハイ。確かに私は心のお広いモーテンス様に甘えていたのかもしれません。が、彼女が私を友人と認めてくださっている以上、関わらないことはできません」

「なっ！　生意気な！」

（これだから温室育ちのお嬢サマは苦手なんだよなぁ）

標的が自分以外に向かないよう、ラゼはわざと挑発ぎみな言葉を返す。

これがもし、本来ならフォリアに起こるイベントであったのならば、自分が肩代わりする義務があった。

虐《いじ》められるのは趣味じゃないが、こんな形なので軍にいるときも色々言われてきたから、ある程度のことには慣れている。

「身分の差というものを教えてあげるわ！」

令嬢はその言葉を残して退散していく。寒いのにわざわざ待っていたなんてご苦労なことだ。

これを機に一年Ｃ組のシフォン・ティム・ロトムを筆頭に、ラゼは嫌がらせを受けることになるのだが、どれも笑ってしまうような可愛い手ばかり。

定番の持ち物を傷つける系の嫌がらせは、転移魔法で荷物を持ち歩かないのでできないし、ぶつかって倒そうとしても軍人相手なのでびくともしない。

「なんなのよ！　もう！　平民風情が！」

今日も今日とてラゼが嫌がらせスルーをしていると、後ろにシフォンの嘆きが聞こえた。

頑張っているのに、何だか不憫《ふびん》である。

「特待生」

歩いていると、ラゼを見つけたアディスが声をかけてきた。未だに彼女のことを「特待生」と呼ぶのは彼くらいだ。

「なんでしょうか」

「殿下が探してた。またシナリオについて聞きたいみたい」

「わかりました。わざわざ連絡ありがとうございます」

ルベンと和解し、ラゼは情報を提供するようになっていた。

彼は得た情報を利用してカーナ様とイチャイチャするという強者なので、カーナも（嬉しい）苦労をしていることだろう。

「で、彼女たちは？」

アディスは彼女の後ろに見えたシフォンを目で指した。

「ああ。私に身分社会について教えてくださっている御令嬢方です。とても勉強になっているので、お気になさらず」

ラゼは笑顔でアディスに答える。

彼女は特に彼が何かをしてくれるとも思っていなかった。

そんな態度にアディスも慣れてきたところだが、先日の大会で初戦負けしたラゼがどうしても気に食わない。

「特待生なんだから実力を見せれば、彼女たちも黙るんじゃゃない？」

「身分に実力は関係ないみたいですよ」

軍にいても、彼女が『狼牙』の称号を持つ者だと知りながら、張り合ってくる貴族の皆さんはいらっしゃる。現場を知らない者は特にその傾向が強い。

「では」とラゼはその場を後にすると、アディスは物言いたげな顔をしていた。

◆

(なんでいつも余裕そうなのかな、あいつ)

本人は「身分社会について教えてくださっている御令嬢方です。とても勉強になっているので、お気になさらず」なんて言っているが、つまり訳すと嫌がらせを受けているということだ。

最近、ラゼの周りをC組の女子がうろうろしていると思えば、そういうことだったらしい。

アディスはつい先ほどの会話を耳にするまで、ラゼが嫌がらせを受けている可能性すら気がつかなかった。

彼女の言い回しからすると、もっと前から気分がいいとは言えない言葉を浴びせられてきたのかもしれない。もしかすると、それ以上のことも……。

一番の問題は、ラゼが決して強がりで気にするなと言っていないことだ。

きっと彼女はなんでもない顔をして、知らないうちになんとかしてしまうのだろう。

アディスにはそれがわかる。

だから、可愛くない。面白くない。

――じゃあ、自分はどうする？

気にするなと言った、どこか食えない彼女を思い浮かべてアディスは考える。

それは一目置いているラゼに対してのちょっとした対抗心から来るものだったと思う。

嫌がらせを受けていることを気付かせない彼女も嫌だが、それに気が付けなかった自分はもっと嫌だった。

彼は踵《きびす》を返すと、シフォンたちが消えたのと同じ方向に歩き出したのだった――。


「ねぇ、君たち」

「ア、アディス様！」

シフォンは一体どうすればあの特待生の飛び出た鼻をへし折ってやれるか考えていたところ、アディスに声をかけられ、顔をぱっと輝かせる。

「どうなさったんですの？」

超優良物件を目の前に、シフォンの沈んでいた気分は上がった。

手が届きそうで届かない、そう表現するのが一番相応《ふさわ》しいアディスから声をかけられたのだ。

嬉しくないはずもない。

髪を耳にかけながら、少し上目に彼を見る。

アディスは笑った。

「――特待生が羨《うらや》ましいからって、身分を盾にいじめるのってさ、恥ずかしいよね？」

ピシリ。

彼から放たれた言葉に、シフォンとその取り巻きが動きを止める。

「ね？」

もう一度語尾を強めたアディスの顔は笑っているが、銀の瞳は全くもって笑ってなどいなかった。

令嬢たちは真っ青になって、無言でコクコク頭を縦に振る。

「わかってるならいいんだ。統治学の勉強、頑張ってね」

アディスは黒さの滲む笑顔のまま、彼女たちを通り過ぎていく。

取り残されたシフォンたちは、ぶるりと身体《からだ》を震わせた。それが寒さのせいではない事くらい、彼女たちにもわかる。

普段温厚な彼からは想像もしなかった、足のすくむような圧。

超優良物件のアディスが、この国をまとめる宰相の息子だということに今更ながらにシフォンたちは恐れを抱いた。

と同時に、自分たちが何をしていたか自覚し、「勉強、頑張って」などと言われたことが、どれだけ恥じるべきことなのかを徐々に理解していく。

「……も、戻りましょう」

「はい……」

傷心した彼女たちはその後、花畑が見える教室に足を向けた。

大きな扉を開くと、絵の具の独特な匂いがする。

「あら。いらっしゃい」

「シーナ先生……」

「どうしたの？　そんな顔をして」

たくさんのキャンバスやオブジェに囲まれたそこは美術室。

美術教師のシーナ・ウェイク・アブロが、元気のないシフォンたちを出迎える。

「聞いてください。あの庶民の特待生のこと注意しただけだったのに、アディス様に怒られてしまったんです」

シフォンはしゅんとして心の内を吐き出した。

「そうだったの。きっとそれは彼も、この学園では同じ生徒として庶民に対して対等に接するべきだと思っていたからなんでしょうね」

「……はい。そうなんだと思います」

アブロはシフォンの頭を撫でる。

「でも、それはこの学園のなかだけの話よ。シフォンさんは貴族としてきちんと身分を弁えさせようとしたのだから、悪いことはしていないの。今回は理解してもらえなかったかもしれないけれど、わかってもらえる時がくるわ。あまり落ち込まないで」

優しいアブロの微笑《ほほえ》みに、彼女たちも心を落ち着かせていく。

「お茶でも飲みましょう。美味《おい》しいお菓子を買ったばかりだったの」

アブロは静かな美術室で、生徒たちを慰める。

笑顔を取り戻して寮に戻っていったシフォンたちを見送ると、彼女はそれまで描いていた絵を再び描き始めた。

「まだ時間がかかりそうね……」

アブロの呟きは、誰にも拾われることなく消えていく。

書き下ろし番外編　とある少年の立志

「おはよう、ルベン。今日の勉強終わった？」

皇都にどっしりと門を構えたシアン皇国の長《おさ》が住む城の一室で、窓からひょっこり顔を覗かせる、深い青色の髪を揺らす少年がいた。

第一皇子であるルベンに気さくに声をかけたその少年の名前は、アディス・ラグ・ザース。この国の宰相のひとり息子だ。

同じ歳《とし》のルベンとアディスは当時八歳。

親同士が親密な関係だったので、ふたりはよく遊ばされる仲だった。

ルベンが皇子ということもあって、他の貴族に比べても彼の交流には制限が設けられていたが、アディスは色んな意味で相性が良い友人だったのである。

いわゆる幼馴染。彼らはその後、成長して少し距離が変わっても、自分たちの関係をそれ以上ともそれ以下とも思ったことはない。

「……アディス。また、そんなところから来て。見つかったら怒られるぞ？」

アディスが友人の家に遊びに来る感覚で頻繁に顔を出すものだから、城の者たちも彼のことは快く迎えてくれるようになっていた。

部屋の扉ではなく、ベランダの窓から挨拶するアディスに呆れてため息を吐《つ》きながら、ルベンは少し開いていた窓を開ける。

「何も言われなかったよ。ちゃんと通行証持ってるし。目があった人にはきちんと挨拶して来たから、大丈夫」

アディスは慣れた足取りで部屋の中に入ると、わかりやすいように首からぶら下げていた通行証をぷらぷら揺らした。

「……それはそれで駄目だろう。ここ、三階だぞ？」

「俺でも簡単に越えられるってことだから。別に大したことないんじゃない？」

ルベンは広いベランダから、外を見る。

天井が高い造りの城は、三階でも非常に高く感じた。侵入者がたどり着くまでに時間がかかるように、この部屋が自分に与えられているのだから、それは当たり前のことなのかもしれないが。

城が小高い場所に建てられているので、三階にあるルベンの部屋からは城下町がよく見渡せた。

「……そんなことはないと思うけどな……」

季節は春。

心地よい風が吹いて、それまで家庭教師から与えられた課題をこなすため、ずっと机に張り付いていたルベンは目を細める。

今日はアディスの父親であるウェルラインが城に来ると耳にしていたので、彼が来る確率は高いなと、窓を少しだけ開けていたのはここだけの秘密だ。

大きなガラス張りの窓を閉めると、ルベンは後ろを振り返った。

風魔法が得意型のアディスはいつも風で身体《からだ》を浮かせてここまでくる。自由にどこにでも行けて、正直少しだけ羨《うらや》ましかった。

「誰かと目があっても何も言われないのは、何かあったとしても助けてくれるだけの人がここにはいるってことだよ」

アディスはそう答えながら、さっきまでルベンが座っていた机に視線を落とす。

「へぇ。魔法廷学の課題か。もう少しで終わりそうじゃん」

課題の進捗《しんちょく》を見た彼は、パッと顔を輝かせてルベンを見た。

「これ終わらせたら、遊べそう？」

「そうだな。それが終わったら、そろそろ息抜きしても大丈夫だと思う」

銀色の瞳が真っ直ぐこちらを向いて、ルベンは頷く。

「じゃあ、終わったら今日はカードゲームしよう」

「わかった」

同じ歳ぐらいの庶民の子どもたちは、毎日外で遊んで過ごすような日々を送っているが、ルベンの毎日は勉強漬け。

そんな日常の数少ない楽しみのひとつが、気の置けない友人と遊ぶ時間だった。

席に戻ると、ペンを握って課題に集中する。

その間、アディスは暇だったのか、机の端に積み重ねていた書物に手を伸ばすと近くのテーブルでぱらぱらそれをめくっていた。

すると、しばらく静かに問題を解いていたルベンの手が、ぴたりと止まる。

「あとここだけなんだけどな……」

家庭教師から間違っても良いから、解答欄を埋めろと言われているルベン。

最後の方に現れた記述問題に頭を悩ませる。

「……どれ？」

彼の呟きを拾ったアディスは、立ち上がるとルベンの前に立つ。

「これ」

ひとつだけ空欄になった用紙を、ルベンは上下をひっくり返してアディスに見せた。

「んー、あ。これなら、確かここら辺に書いてあったかな」

アディスは少し考えると、今し方向き合っていた書物を持ってきて該当のページを開く。

分厚い参考書の後半部分。

実際の裁判であった事例が、小さな文字だけで羅列されたページの中から「これじゃない？」と言うアディス。

「全部読んだのか？」

「軽く目を通したくらい」

流石《さすが》にそんなに早くは読めないよと答えて、アディスは課題のペーパーをルベンに返した。

ルベンは参考書とそれを受け取ると、内容を確認してペンを走らせる。

アディスが指摘してくれた箇所は、きちんと問題の要点を押さえたものであった。

あの短時間で、分厚い参考書からピンポイントで資料を見つけてくれる能力の高さ。

一緒にいて、要領が良いやつだなとは前から思っていたが、それは記憶力の良さが影響しているのかもしれないとルベンは思う。

「よし。終わった。ありがとな」

「ん。じゃあ、何のゲームにする？」

「最近流行りらしいバトルカードゲームの試供品、もらった。簡単に魔法の相性とか勉強できるように『死神の玩具屋《おもちゃ》』が暇つぶしに作ったらしい」

「あ！　なんか父さんから聞いたかも、その話。俺も欲しいと思ってたんだ！」

思った通りの、いい反応だ。

ゲーム好きなアディスが食いつくだろうと思ってとっておいたカードの箱をふたつ、机の引き出しから取り出した。

ふたりは初めて扱うタイプのゲームに、少年らしい顔つきで盛り上がりながら、楽しいひと時を過ごす。

「あー、最後の最後で負けた！」

「運が悪かったな」

夢中になってゲームを始めて数時間後。

アディスが遊びに来ていることを察したメイドが用意した机の上のお菓子はもう残り少しになって、その近くには空のグラスがふたつ並ぶ。

またひたつ勝敗が決まって、悔しそうに声を上げたのはアディスだったが、全体では三勝二敗で彼の勝ちだった。

「うわ、もうこんな時間か」

アディスはふと目に入った掛け時計の針を見て、目を見開く。いつの間にか、窓の外で空高く照っていた日が沈みだしていた。

体感したよりもかなり長い時間、同じゲームで遊び続けていたようだ。時が過ぎるのはあっという間である。

「片付けるか」

「うん。ルールは結構シンプルで面白かったし、今度はクロードとも一緒にやれば？」

「……最近忙しそうなんだよな。機会があったら誘ってみる。遊んでくれるかはわからないけど……」

カードを片付けながら、ルベンは答える。

今日は午前中だけ自分の傍《そば》について執事見習いをしていたクロードを思い浮かべた。

きっと今頃、執事になるために彼も頑張っているのだろう。

この国の長――皇上の執事になるには、他の貴族に仕える側用人よりもっと厳しい訓練を受けているに違いない。

努力しているのが自分だけではないことを知っているので、ルベンは皇族に課される教育も逃げ出さずにいられた。

「お前、将来は絶対俺の側近になれよな」

気がつけば、そんな言葉が口からこぼれ落ちていた。

強い奴は仲間にする。ゲームの鉄則だ。

色んなことを教え込まれているのは、自分が皇上になるためなのだと、もうちゃんと理解できる年齢になった。逃げられないとわかってしまったから、その中でも自分が一番良いと思えるように生活したいと思った。

そのためには、頼れる仲間が必要だ。

頼もしくて、気を遣わなくて済むアディスが傍にいてくれればどれだけ心強いだろう。

「えー。父さんと同じようになれってこと？　忙しそうだからやだな」

しかし、子どもながらに結構真面目なことを言ったにもかかわらず、そんな答えが返ってくるのだからルベンはむっとする。

「……ちゃんと、休みはやる」

相変わらず風のように飄々《ひょうひょう》としている幼馴染だ。

皇子に向かってこんなに砕けて話せるのは、今のところ彼くらいである。

「それなら、考えなくもないかな」

にっと悪戯《いたずら》っぽく笑い返されて、ルベンも口角を上げた。

アディスは何か提案すれば、なんだかんだで一緒にこなしてくれる優しい奴だということはわかっていた。

「アディスがいてくれるなら、皇上になってもうまく仕事ができそうだ。俺が王で、アディスが参謀。かっこいいいだろ」

「――うん。悪くないね」

ふたりの少年は、そうして語り合ったことも、確証はないけれど本当に実現するのではないかと、どちらも心の中でそう感じていた。

しかし、その淡い約束が形を変えてしまうのには、そう時間はかからなかった。


それは突然の出来事だった。

「お父様が崩御なされたわ……」

「――えッ……」

母親と同じ深い青色の髪を揺らし、アディスは不安げに言葉を紡ぐ。

「………お祖父《じい》様が……亡くなられたの……？」

「……そう、みたい……」

広いダイニングで手紙の封を切り、便箋に目を走らせて重い口を開いた母親のその言葉が、一体どんな意味なのか。

アディスは幼いながら、その言葉の意味を知っていた。しかし、それが自分にどんな影響を与えるのかを理解していなかった。

アディス・ラグ・ザース。当時九歳。

シアン皇国の宰相と、隣国アリアンヌ王国の姫との間に生まれた彼は、まだ自分が何者なのかわかっていなかった。


真っ黒な喪服に身を包み、アディスは葬儀に参列する。

身近な誰かが亡くなるのはそれが初めてで、彼は茫然と儀式を見据える。

城の中にも外にも大勢の人々が集まり、祖父の死を悼んで祈りをささげている。

年に一度は、アリアンヌ王国に渡り、国王と顔を合わせていたが、もう彼と言葉を交わすことができないという事がいまいち現実味を帯びてこなかった。

アディスはそっと隣に並ぶバネッサを見上げた。

彼女の顔には、涙の跡はない。父親を看取ることもできずに亡《うしな》ったバネッサの表情は、悲しみももちろんあったが、重苦しさと険しさが濃く滲んでいる。

これから先、どうなるのか。そんな顔をされれば、今後のことがなんとなく不安に思えてくる。

ふと、そこでアディスの視線に気がついた彼女は、彼の頭を撫でた。

「大丈夫。お父様はちゃんと星に還れるわ」

「……はい」

心配していたこととは少し違ったが、アディスはこくりと頭を縦に振る。

目線を戻し、彼は粛々と執り行われる葬儀の様子を見守った。

普段皇国で生活しているからか、非日常感をひしひしと肌身に感じつつ、アディスは自分に向けられる視線に気がつく。

（なんだろう。気のせいかな……）

そう考えたが、確実にバネッサではなく自分に何人かの目が向いている。

視線が気になったアディスは、バネッサとは反対側の隣にいる父ウェルラインに身を隠すようにして一歩後ずさった。その場にいるのは自分以外、ほとんどが黒を纏《まと》う大人たち。なんとも言えない圧を感じ取った彼は、ぐっと口をつぐんだ。


アリアンヌ王国国王崩御。

突然の彼の死に、王国は揺れていた。

後継者にはバネッサの兄である第一王子と第二王子がいたのだが、二つの派閥には非常に深い溝があり、継承権第一位がどちらのものなのか決める最中の出来事だったのだ。

アリアンヌ王国では生まれた順に継承権を与えるということはせず、より多くの国民に支持された者に次の王座を譲るというしきたりがあった。つまりは、選挙王制だったのだ。

王子はどちらもすでに成人しており、国を治めるだけの能力を持っている。

それが、争いの元だった。

第一王子は国を守るための軍事力を増強させる方針を。

第二王子は国の繁栄のための外交を進める方針を、と。彼らは国の中と外、全く真逆のビジョンを持っていた。

ふたりの王子の仲が悪かったわけではない。

むしろ、ふたり揃えば敵なしと言われるくらいには相性の良いふたりだった。

されど王座を決める上では、考えが反対を向いていて、どちらにも同じくらいの支持者がいることが問題だった。どちらの考えも間違いなどではないことが、火種になってしまう。

王子たちを置いて、周りの支持者たちが陰で動くようになってから、王位継承権争いには暗雲が垂れ込めた。

それまでは国王の存在が大きな争いを食い止めていたが、王を失い、事態は悪化の一途をたどる。

そして、その影響は第一王女「難攻不落の戦乙女《いくさおとめ》」と呼ばれたバネッサを母に持つアディスにも及ぶことになってしまった。

王国では女性にも平等に王の座に即《つ》く権利が与えられていたが、バネッサが皇国に嫁いだことは、事実上の継承権放棄。彼女自身に王になって欲しいという意見は出ない訳でもなかったが、民衆の目は彼女の息子で、まだ幼い王家の血を引くアディスに向けられることになる。

アディスを王に据え、政治は今まで通り王子ふたりの知恵を合わせて臨めば、この不毛な争いも終わるのではないか。

どこかの誰かがそんなことを提案したせいで、本来なら巻き込まれることはないはずの皇国人のアディスにまで王位継承問題は飛び火する――。


アディスにとって、「皇子」とはルベンのことを指していて、皇族だとかそういう括りは自分とはなんの関係もない話だった。

だから、生まれた時から国の長になるべくして育てられてきたルベンのことは少し同情していた。

皇妃とバネッサが非常に仲が良く、小さな頃から頻繁に皇城に連れていかれた。自分が物心つくよりも前からの付き合いで、自然と初めてできた友達というのも気がつけばルベンだった。

しかし、ルベンが特別な存在だということを理解するのにはずいぶん後で。大きくなるにつれ、理解すればするほど一番古い友人の立場が大変なものだということを目の当たりにした。

自分と何も変わらない少年が、毎日難しい参考書に向き合って勉強し、魔法の練習もする。

アディスも武術については、バネッサが厳しかったので小さな時から剣を握らされていたが、ルベンは自分よりもっと努力をしていた。

本当はルベンとたくさん遊びたかったのだが、相手が忙しいので暇を持て余す。

それなら自分も勉強をしようと思い立ち、ウェルラインの書斎を漁り出したのは確か六歳くらいの時だったか。

皇族ではなかったが、アディスも国の宰相の子。気の合う友人ができる機会は少なかったため、ルベンが数少ない遊び相手なのは彼も同じことだった。

——ルベンは皇子だから、忙しいのは仕方ない。

そんな風に思いながら、風の魔法を覚えると、咎められない程度に会いに行って遊んでいた。外に出ることにすら許可がいるルベンに同情しつつ、それならただ貴族の爵位だけがついているような自分が会いに行けばいいのだと思って。

そんなことだから、まさか自分が彼と同じ、国の長になる権利を与えられる側の人間になるとは微塵も思っていなかったのだ。


「——え……？」

目の前で倒れていく、自分の身の回りを世話してくれていた執事の身体。

思考が停止し、何が起こったのかを理解するのに時間がかかる。

身体が地面にぶつかってドサリと音がするのが聞こえて、アディスの肩が震えた。

それは葬儀や告別式を終えて、シアン皇国へ帰る二日前の出来事だった。

まだ幼いアディスのことを気遣って、暗い思い出だけで終わらせないよう、王国にある自然豊かな療養地を少し散策してから帰ろう。そんな考えの中、彼は家族と共に海の見える別荘に泊まっていた。

そして今は、気分転換に外に出て、近くの牧場で動物と触れ合っていた時だった。

突如現れた男にいきなり襲いかかられ、すぐ傍に待機していた執事が自分を庇って身体を裂かれる。

「アディス！」

後方でオーナーと話していたウェルラインに名前を呼ばれたが、突然のことに身体は動いてくれない。

それまで戯れていた牧羊犬が大きく吠えるのが、まるで遠くに聞こえる。

五メートルほどの前方に立ち、剣を握った男。

自分に向かって放たれるのは、執事を傷つけた水の斬撃。

――避けられない。

そう思ってできたことは、当たれば死ぬかもしれない衝撃に備えて目をつぶることくらいで。

圧倒的な危機を目前にした彼は、自分の死を初めて悟った。

「………………？」

しかし、いつまで経っても痛みがやってこない。

もしかして自分はもう死んでしまったのではないかという恐怖の中、アディスはそっと目を開く。

そうして彼の目に飛び込んで来たのは、ピッチフォークを相手の首に向けて構えるバネッサの後ろ姿。

「うちの子に何してくれてんの？　お前」

いつの間にか水の斬撃は消え、敵の男は地面の上に倒れて、母親に踏みつけられていた。

「アディス無事か！」

少し遅れてやってきたウェルラインに肩を掴まれると、こくこく首を縦に振った。

「お、俺よりもガルドラが」

震える喉に自分で驚きながら、アディスは物心ついた時から世話をしてくれていた執事を助けてくれとウェルラインの服を掴む。

「わかってる」

ウェルラインはそう口では言ったが、アディスを抱き上げるとその場から離れていく。

「父さん！　ガルドラを!!　ッ！」

どんどん遠のいていく倒れたままの執事に手を伸ばすが、トスッと軽い音がして。

ハッと地面を見れば、矢が刺さっていた。

「ガルドラは他の者が助ける。今は舌を噛まないように黙っていなさい」

ウェルラインには珍しい冷たい声がすぐ傍に聞こえて、アディスは押し黙る。

何もできずに、バネッサが魔石を行使する姿を見ることしかできなかった。

牧場のものであることは明白なピッチフォークは、強靭な武器のように振る舞いを変え、敵をあしらっていく。見慣れているはずの母の背中は、まるで別人のように殺気だっていて、それまで自分がどれだけ手加減されて稽古をつけられていたのかもわかってしまう。

あんなものは実戦に比べれば、お遊びに過ぎなかった。

人と人の命のやり取り。

バネッサは使い手が少ない魔法に分類される毒魔法が得意型。ピッチフォークの先は紫色の光沢を放つ、毒の刃《やいば》を纏わせている。武術に長け、さまざまな毒を操るバネッサの能力は戦場に出ても肉体的に有利な男たちに後れをとるどころか、彼らよりも優秀な戦績を残していた。

「難攻不落の戦乙女」。そして、その美しい見た目は、綺麗な花には毒があるという言葉を体現したような存在だった。次々に森の中から姿を表す刺客たちを、躊躇《ちゅうちょ》なく刺して倒していく彼女に、アディスは拳を握る。

バネッサが強いとは昔からよくウェルラインに聞かされていた話だったが、自分は何もわかってはいなかったのだ。

「閣下！　おい、すぐに連絡をいれて応援を呼べ！」

すぐに騒ぎを聞きつけた護衛役たちが自分を守るために守備を固める。

その後、バネッサがほとんど勝負をつけて事件はすぐに収拾がついたが、執事のガルドラが助かることはなかった。致命傷を受け、即死だったらしい。

(馬鹿だ。どうして、俺はもっと努力しなかったんだろう)

関係ないからと余裕ぶっていた自分が許せなかった。

次の王が、第一王子に決まるまでの間、アディスは何度も命を狙われた。その度に、誰かが自分のために危険を冒していて。それがどうしても心苦しくて辛《つら》かった。

「強くなりたい」

もう、自分のせいで誰かが傷ついたなんて聞きたくなかった——。

「——俺、騎士になる」

それが、アディスという少年が騎士を志した理由だった。

あとがき

本作を手に取ってくださった『軍人少女』リーダーの皆さま、あとがきでお会いできたこと、心から感謝申し上げます。作者の冬瀬です。

さて――。二巻、いかがでしたでしょうか……。もう、作者はこのあとがきを書く時点でどぎまぎしております。一巻制作に引き続き「プロット？　何それ美味しいの？」状態で始まった二巻制作。まず、そもそも二巻を出すことができることから、私はよくわかりませんでした。ご縁に恵まれ、機会にも恵まれ……。本当になんて自分は運がいいんだと、もしや運を使い果たしたか？　と思いながらありがたく執筆に取り組ませていただいたわけなのですが。――加筆の量が、怪しくないか？　というところから作業は不穏なスタートを切りました。

ウェブ版からお付き合いいただいている強者リーダーの皆さまは、「うん。知ってるぞ」となる話かもしれないのですが、この作者、筆が遅い。サイトで毎日更新されている怪ぶ――ごほん。大先生方がいらっしゃる中、冬瀬は週一どころか月一更新すら危うい、完結も怪しまれるような物書きもどきでした。

辛うじて未完は免れたものの、今度は好きなことだけ書いてこの物語の終わりまで見てしまったので、書籍版の加筆に何を書けば良いのか、悩む、悩む。私がキャラクターの魅力を引き出すことができれば、彼女たちのポテンシャルは非常に高いので読者さんにも楽しんでいただける物語を描写できるはずなのですが、それができれば苦労しない。という話でした。

二巻を出す機会をいただき、自分に七万字以上の加筆ができる能力があるのかわからない状態で執筆を頑張ろうと思えたのは、応援してくださる読者さんや支えてくださる方々のおかげです。

今回も、タムラ先生に最高な表紙から始まるイラストを担当いただけて——

さらに嬉しいことに、syuri22先生による本作のコミカライズ連載も始まっています。

自作のキャラが文字ではなく絵になって動いているのが見られるなんて。こんな機会、もう二度とないでしょう。ＳＮＳでも温かい反応をいただけて、感謝の気持ちで一杯です。愛のこもった素敵なファンアートも沢山リツイートさせていただいているので、少しでもご興味がある方は是非！

未熟な作者で至らない点ばかりだと思いますが、おひとりでも面白いと思ってくださる方がいてくだされば幸いです。二巻もお付き合いいただき、誠にありがとうございました。

冬瀬

僕は婚約破棄なんてしませんからね

著：ジュピタースタジオ　　イラスト：Nardack

「き……、きゃあああああ―――！」第一王子の僕の婚約者である公爵令嬢のセレアさん。十歳の初顔合わせで悲鳴を上げて倒れちゃいました！　なになに、思い出した？　君が悪役令嬢？　僕の浮気のせいで君が破滅する？　そんなまさか！　でも、乙女ゲームのヒロインだという女の子に会った時、強烈に胸がドキドキして……、これが強制力？　これは乙女ゲーのストーリーという過酷な運命にラブラブしながら抗う、王子と悪役令嬢の物語。

第七王子に生まれたけど、何すりゃいいの？

著：籠の中のうさぎ　　イラスト：krage

生を受けたその瞬間、前世の記憶を持っていることに気がついた王子ライモンド。環境にも恵まれ、新しい生活をはじめた彼は自分は七番目の王子、すなわち六人の兄がいることを知った。しかもみんなすごい人ばかり。母であるマヤは自分を次期国王にと望んでいるが、正直、兄たちと争いなんてしたくない。——それじゃあ俺は、この世界で何をしたらいいんだろう？　前世の知識を生かして歩む、愛され王子の異世界ファンタジーライフ！

ふつつかな悪女ではございますが

~雛宮蝶鼠とりかえ伝~

著：中村颯希　　イラスト：ゆき哉

『雛宮』――それは次代の妃を育成するため、五つの名家から姫君を集めた宮。次期皇后と呼び声も高く、蝶々のように美しい虚弱な雛女、玲琳は、それを妬んだ雛女、慧月に精神と身体を入れ替えられてしまう！　突如、そばかすだらけの鼠姫と呼ばれる嫌われ者、慧月の姿になってしまった玲琳。誰も信じてくれず、今まで優しくしてくれていた人達からは蔑まれ、劣悪な環境におかれるのだが……。大逆転後宮とりかえ伝、開幕！

天才最弱魔物使いは帰還したい
~最強の従者と引き離されて、見知らぬ地に飛ばされました~

著：槻影　　イラスト：Re:しましま

気づいたら、僕は異国で立ち尽くしていた。さっきまで従者と、魔王を打ち滅ぼさんとしていたのに――。これまでとは言葉も文化も違う。鞄もないから金も武器もない。なにより大切な従者とのリンクも切れてしまっている。僕は覚悟を決めると、いつも通り笑みを作った。

「仕方ない。やり直すか」

彼はSSS等級探求者フィル・ガーデン。そして、伝説級の《魔物使い》で……!?　その優れた弁舌と、培ってきた経験(キャリア)で、あらゆる人を誑し込む！

はにゅう ILLUSTRATION shri

Cheat skill "shisha sosei" ga kakusei shite
inishieno maougun wo
fukkatsu sasete shimaishita

チートスキル
『死者蘇生』が覚醒して、
いにしえの
魔王軍
を復活させてしまいました
～誰も死なせない最強ヒーラー～

一迅社ノベルス

[チートスキル『死者蘇生』が覚醒して、いにしえの
魔王軍を復活させてしまいました～誰も死なせない最強ヒーラー～]

著：はにゅう　　イラスト：shri

特殊スキル『死者蘇生』をもつ青年リヒトは、その力を恐れた国王の命令で仲間に裏切られ、理不尽に処刑された。しかし自身のスキルで蘇ったリヒトは、人間たちに復讐を誓う。そして古きダンジョンに眠る凶悪な魔王と下僕たちを蘇らせる！　しかし、意外とほんわかした面々にスムーズに受け入れられ、サクッと元仲間に復讐完了。さらにめちゃくちゃなやり方で仲間を増やしていき──。強くて死なない、チートな世界制圧はじめました。

猫《キャット》と呼ばれた男

著：れもん　　イラスト：転

魔法が使えず剣もダメな冒険者マート。だが彼は、生まれ持った猫のような目と身軽な体躯という冒険者として恵まれた特徴で採集クエストをこなしていた。そんなある日、ギルドで入手したステータスカードで前世の記憶と自身に秘められた能力――魔獣スキル、呪術魔法、精霊魔法を知る。しかも精霊魔法の潜在能力は伝説級!!

そして、姉貴分の紹介で商隊の護衛クエストを受けたマートは、道中で盗賊団の襲撃に遭うも魔獣スキルを発動させて――!?

軍《ぐん》人《じん》少《しょう》女《じょ》、皇《こう》立《りつ》魔《ま》法《ほう》学《がく》園《えん》に潜入《せんにゅう》することになりました。2

～乙女《おとめ》ゲーム? そんなの聞《き》いてませんけど?～

初出◆「軍人少女、皇立魔法学園に潜入することになりました。

～乙女ゲーム？ そんなの聞いてませんけど？～」

小説投稿サイト「小説家になろう」で掲載

2021年12月5日 初版発行

著者◆冬瀬《ふゆせ》

イラスト◆タムラヨウ

発行者◆野内雅宏

発行所◆株式会社一迅社
〒160-0022 東京都新宿区新宿3-1-13 京王新宿追分ビル5F
電話 03-5312-7432(編集) 電話 03-5312-6150(販売)
発売元：株式会社講談社(講談社・一迅社)

印刷・製本◆大日本印刷株式会社

DTP◆株式会社三協美術

装丁◆小沼早苗[Gibbon]

ISBN 978-4-7580-9422-1 ©冬瀬／一迅社 2021
Printed in Japan

おたよりの宛先

〒160-0022 東京都新宿区新宿3-1-13 京王新宿追分ビル5F
株式会社一迅社 ノベル編集部
冬瀬先生・タムラヨウ先生

この物語はフィクションです。実際の人物・団体・事件などには関係ありません。

落丁・乱丁本は株式会社一迅社販売部までお送りください。送料小社負担にてお取替えいたします。

定価はカバーに表示してあります。

本書のコピー、スキャン、デジタル化などの無断複製は、著作権法の例外を除き禁じられています。本書を代行業者などの第三者に依頼してスキャンやデジタル化することは、個人や家庭内の利用に限るものであっても著作権法上認められておりません。